무명서생 장편 소설
FUSION FANTASTIC STORY

권왕강림 1

무명서생 장편 소설

초판 1쇄 찍은 날 § 2012년 11월 28일
초판 1쇄 펴낸 날 § 2012년 12월 5일

지은이 § 무명서생
펴낸이 § 서경석

편집부장 § 권태완
편집책임 § 어정원

펴낸곳 § 도서출판 청어람
등록번호 § 제1081-1-89호
등록일자 § 1999. 5. 31
어람번호 § 제1-1498호

주소 § 경기도 부천시 원미구 심곡2동 163-2 서경B/D 3F (우) 420-822
전화 § 032-656-4452 팩스 § 032-656-4453
http://www.chungeoram.com
E-mail § chungeorambook@daum.net

ISBN 978-89-251-3093-4 04810
ISBN 978-89-251-3092-7 (세트)

CONTENTS

CHAPTER **01**
여긴 뭐야?

단풍이 아름답다.

예년보다 여름이 무척이나 더웠고, 또 가을의 문턱에 빨리
들어선 탓인지 색깔이 화려하다.

시원한 계곡이 흐르고, 울긋불긋한 단풍이 있는 이곳과는
어울리지 않게 아직 어린 학생들의 욕설이 들려온다.

"이 새끼야! 네가 뭔데?"

이곳의 계곡 위로 한 무리의 청소년이 있었다.

골짜기는 굉장히 깊었다. 이곳에 떨어지면 바로 즉사할 것
같았다.

"아……. 담배 꼴려."

입산 시에는 담배를 피울 수 없는데도 소년들 대부분이 입에 담배를 물고 있었다. 혈기왕성한 그들에게 법규 따위는 원한다면 얼마든지 엿먹일 수 있는 것으로 보였다.

그들의 중심에는 한 소년이 겁에 질려 덜덜 떨고 있었다. 그의 눈은 이미 멍들어 있었다. 겁에 질려 있는 눈동자로 소년들을 힐끔힐끔 쳐다보았다.

"야 이 병신새끼야. 너 같은 거지새끼 때문에 수학여행 외국은커녕 제주도도 못 갔잖아, 씨발. 어떻게 책임질래?"

리더로 보이는 소년이 겁에 질린 소년의 멱살을 거머쥐었다.

소년의 이름은 박상두였다.

그는 가난하다는 이유로 학생들에게 왕따를 당하는 아이였다. 게다가 이 소년을 비롯한 가정형편이 좋지 않은 아이들을 배려해 학교 측에서 수학여행을 설악산으로 정한 것이 화근이었다. 원하지도 않은 학교의 배려 덕분에 어린 소년은 또래에게 폭행을 당하고 있었다.

"야 이 새끼야. 어떻게 책임지겠냐고!"

"내가… 내가 뭘 잘못했는데……!"

상두는 더 이상 당하고 싶지 않아 반항했다. 하지만 너무도 미약하다. 뭉쳐 있으면 최강이라고 생각하는 청소년들에게는 더더욱 미약하게 보였다.

"이 새끼가 미쳤나!"

아이들의 폭행이 시작되었다.

입술이 터지고 온몸에 멍이 들기 시작했다. 더 이상 참을 수 없었다. 이렇게 인간 이하의 대접을 받고 살고 싶지 않다.

죽고 싶었다.

죽는 게 더 나았다.

이렇게 두들겨 맞으며 매일매일 두려움에 사느니 죽는 게 나았다. 그냥 죽을 바에야 조금이라도 더 반항하고 싶었다. 약하디약하지만 그 역시 남자다. 남자라면 이대로 쓰러지면 안 된다!

'그래… 그래……. 이렇게 있을 수 없다……. 대들자…….'

그는 벌떡 일어났다.

"내가 뭘 잘못했길래, 이 개새끼들아!!"

그는 큰 소리로 외치며 리더로 보이는 아이를 밀쳤다. 갑자기 밀치니 리더 역시 넘어질 수밖에 없었고, 상두는 그의 위로 올라탔다.

"씨발…….! 너도 당해봐!!"

그 위에 올라가 주먹으로 얼굴을 때렸다. 하지만 싸움을 잘하지 않는 주먹이 통할 리가 없었다. 그저 솜방이 같은 상두의주먹을 리더는 그대로 잡아 버렸다.

"이 새끼가 진짜 미쳤구만."

리더는 벌떡 일어나 그를 밀쳤다. 아무 힘 없이 그대로 나가떨어지는 박상두…….

"이야아!!"

상두는 이제 당하고만 있지는 않겠다는 듯 그에게 달려들었다.

"이 새끼가 진짜!!"

리더는 강하게 상두를 밀쳤다.

순간이었다.

상두는 중심을 잃고 휘청거리더니 계곡 아래로 떨어졌다.

"뭐, 뭐야!"

리더도 당황했다.

"나, 나도… 밀려고 한 건 아니야!"

지금의 상황에 리더 역시 공황 상태에 빠져들었다.

사람을 죽였다.

어린 학생의 정신으로는 받아들이기 힘든 사건일 것이다.

"야, 김동준 미쳤어??"

무리 중 한 명이 리더의 멱살을 거머쥐었다.

이 무리의 이인자였다. 아무리 뵈는 것이 없는 십대의 반항아들이라고는 하지만 사람의 목숨을 해하는 것을 달게 볼 사람은 없었다.

"아, 씨발. 강준현……. 니가 언제 내 멱살까지 쥘 수 있게
됐냐?"

"그래도 이 새끼야! 사람을 죽였잖아!"

"씨발! 난 정당방위라고!! 밀려고 민 게 아니야!!"

모두 찬물을 끼얹은 듯 조용해졌다.

그들 역시 알고 있었다, 동준이 실제로 상두를 죽이려 했던
것은 아니라는 것을…….

"씨발… 이제 어쩌냐……."

김동준은 골짜기 아래를 내려다보았다.

"시체가 없어!"

그의 말에 모두 골짜기 아래를 바라보았다. 주변으로는 나
무가 무성하지 않아 무엇이 떨어졌는지 알 수 있는 모습이었
다.

게다가 등산을 위해 색깔이 있는 등산복을 입었으니 상두
의 모습을 쉽게 발견할 수 있었을 것이다. 하지만 시신이 없
다.

"모두 잘 들어……."

동준의 말에 모두 귀를 기울인다.

"오늘 일을 불어버린다면 모두 죽을 줄 알아……. 상두 새
끼 죽는 거 수수방관한 니들도 공범이야."

그의 말에 모두 고개를 끄덕였다. 맞는 말이었다.

"한 번 더 말하지만 오늘 본 거 불어버리면 다 죽여 버린다. 우리 아빠가 어떤 사람인지 알지? 금배지 단 사람인 거 알지?"

아버지가 국회의원이니 이런 일은 덮어줄 수 있을 거라는 계산도 깔려 있었다. 하지만 모두 불안한 것은 사실이었다. 사람이 죽었으니 말이다.

그들은 재빨리 다른 학우들이 모여 있는 곳으로 향했다. 그곳으로 가는 도중 모두 조용히 입을 닫고 있었다. 이런 일을 발설해 봐야 좋을 것은 없을 것이다.

*   *   *

"크아아악!!"

공중에서 카논의 육체가 떨어져 내린다.

엄청난 속도였다.

이 정도 속도로 떨어지면 아무리 운이 좋다 해도 크게 다치거나 목숨이 위험하다.

도무지 이해가 되지 않는 상황이었다. 마황의 주술에 의해 이렇게 다른 차원의 세계로 떨어지고 있는 것이다. 그것도 높은 공중에서……

"제기랄!!"

왜 이렇게 된 것인가!

그는 대륙을 구하기 위해 일어선 것일 뿐이다. 하지만 그는 지금 목숨이 위험하다. 이것은 지극히 불공평하고 불공평하다. 신이 있다면 지금 그를 이렇게 죽게 해서는 안 된다.

"어떻게든 방도를 찾아야 해!"

주변을 둘러보았지만 눈이 보이지 않았다.

아무래도 시신경에 문제가 생긴 것이 분명했다. 무엇이 보여야 제대로 된 대책을 찾을 수 있을 텐데 말이다. 어쩔 수 없이 그는 손을 허우적거렸다. 하나 그저 의미없는 몸부림일 뿐이었다.

'방법이 없을까……'

떨어져 내리면서도 살아남기 위한 방법을 강구하는 카논이었다. 하지만 방법은 없었다. 이대로 죽는 것만 기다리는 수밖에는…….

그때였다.

공중에서 떨어지는 것이 눈에 희미하게 들어왔다. 시신경이 제대로 되지 않아 확실히 보이지는 않았지만 저것은 사람이다.

'칫……. 이런 상황에서도 영웅심의 발현인가…….'

자기가 죽더라도 떨어지는 저자는 살리고 싶은 생각이 들었다. 온몸에 힘을 모두 끌어당겨 공중에서 몸을 튕기어 떨어지는 사람에게로 날아갔다.

그가 할 수 있는 것은 이 정도로 방향을 바꿔 그를 안고 아래로 추락하는 것. 그렇게 하면 자신은 죽어도 낮은 확률이나마 카논이 구한 사람은 살아남을 것이다.

"잡았다!"

떨어지는 사람을 잡을 수 있었다. 눈이 제대로 보이지 않아 남자인지 여자인지 알 수 없었다. 하지만 목소리는 들려왔다.

ㅡ살고 싶지 않아……. 그냥 이대로… 죽고 싶어…….

무슨 언어인지 알 수 없었다. 하지만 그 언어의 읊조림과 동시에 그의 온몸이 뜨거워짐을 느꼈다. 그리고 그의 몸을 중심으로 해서 환한 빛이 빠르게 뿜어져 나왔다.

카논이 눈을 떴다.

눈앞이 환하다. 눈이 제대로 보이고 있었다. 그와 동시에…….

"크아악!!"

온몸의 뼈가 모두 부서지는 듯한 고통이 몰려왔다. 그래도 다행이었다. 생각했던 것보다는 큰 부상은 아니었다. 팔다리가 떨어져 나가거나 머리가 크게 다칠 것이라고 생각했다. 하지만 '생각했던 것보다' 이지, 이것 또한 언제 죽어도 이상하지 않을 부상이었다.

"크윽……!"

그는 필사적으로 몸을 일으켰다. 하지만 일으킬 수가 없었다. 역시 온몸의 뼈가 모두 으스러진 것이 맞는 듯했다.

"온몸의 뼈가 으스러진 건가……."

하지만 방법이 없는 것은 아니었다.

동방국에서 온 그의 스승으로부터 배운 육체의 복구술.

몸속에 흐르는 에너지를 빠르게 움직여 몸의 상처를 치료하는 방법이었다. 이 방법을 아는 사람은 대륙에 그와 그의 사부가 유일했다. 사부는 이미 돌아가셨으니 그만이 알고 있는 술법인 것이다.

그는 눈을 감았다.

온몸을 돌고 있는 생명의 에너지를 증폭시키기 위해 노력했다.

'이상해.'

정말 이상했다. 평소의 그의 몸속 에너지와는 그 크기가 달랐다.

'싸움이 끝나고 난 뒤라 그런가?'

그렇다고 하더라도 그의 에너지 크기는 터무니없이 작았다.

'어쩔 수 없군.'

그는 남아 있는 에너지라도 몸을 다시 일으키는 데 사용하기로 했다. 하지만 그 에너지가 너무도 작아 몸을 다시 복구하는 데에 엄청난 시간이 소요될 것 같았다.

얼마의 시간이 지났을까?

어느 정도 온몸의 뼈가 다시 붙었다는 느낌이 들었다.

"크윽……!"

그는 몸을 일으켰다. 하지만 걸을 수는 없을 것 같았다.

"목말라……."

목이 타는 듯이 말랐다. 그는 시냇가를 찾기 시작했다. 청각을 미친 듯이 집중했다. 그러자 졸졸졸 흐르는 물소리를 느낄 수가 있었다. 흐르는 물소리를 따라 필사적으로 온몸으로 기어갔다.

작은 옹달샘.

동물들이 가끔 와서 마시는 물가였다. 그는 허리를 숙여 입을 데고 물을 게걸스럽게 마셨다. 어느 정도 목마름이 가셔서 개운해 지자 그는 몸을 일으켰다.

몸이 뻐근했다. 얼굴도 찜찜했다. 그는 세수를 하기 위해 옹달샘을 바라보았다.

"헉……!"

그는 놀라고 말았다. 옹달샘에 비친 얼굴이 카논의 것이 아니었다!

"크윽······!"

갑자기 그의 머리가 깨질 듯 아파져 왔다. 코피가 후두둑 흘러내렸고, 머릿속으로 알 수 없는 정보가 계속해서 흘러들어 왔다.

"으윽······!"

머릿속을 엄습한 막대한 정보량 때문이었을까? 그는 그대로 정신을 잃을 수밖에 없었다.

*   *   *

설악산의 사람들이 찾지 않는 골짜기가 사람의 소리로 시끄럽다.

"하압!"

그의 외침과 함께 깡, 깡 하는 돌끼리 부딪치는 듯한 소리가 들려왔다. 놀란 산새들이 하늘로 푸드득 올라갔고, 멧돼지들도 이게 무슨 일인가 싶어 움찔거렸다.

"아야야······."

소리를 낸 사람의 정체는 손이 많이 아픈 듯 터는 카논이었다. 하지만 현재 그가 입은 육체는 카논이 아닌 박상두라는 소년이었다.

"후우······."

상두의 육체를 입은 카논은 그대로 주저앉았다. 거듭되는 수련에 몸이 버텨주지 못하는 것 같았다.

"진짜 약하다⋯⋯."

정말로 약했다.

이 상두라는 육체의 힘은 무척이나 약했다. 약한 정도가 아니라 본래 카논의 힘에 비하자면 코끼리와 개미 수준으로 차이가 났다. 아니, 카논의 힘과 비교할 것도 없었다. 이 세계의 사람들의 기준으로도 상두의 육체는 쓰레기 수준이었다.

그는 그가 살던 대륙 '오피니아'를 죽음으로 물들이려던 마신 '카이데아스'를 물리치기 위해 일어난, '피스트 마스터'의 칭호를 받은 용사 중의 용사였다.

그런 카논의 영혼은 도대체 무슨 이유에서인지 이런 약하디 약한 육체로 들어갔다. 박상두의 육체를 입은 카논은 답답할 뿐이었다.

"박상두라⋯⋯."

카논의 영혼이 들어간 이 박상두라는 육체의 기억은 참으로 기가 막혔다.

학문의 수준도 중하위이고, 집안 형편이 참으로 좋지 않았다. 집안에 아버지는 없었고, 어머니는 행상을 해서 먹고 살고 있었다. 음식 떨어질까 걱정하는 것이 다반사였던 것이다.

이 가난 덕분에 그는 학교에서 집단 따돌림을 당하고 있었

고, 게다가 이곳에서 그 따돌림을 하는 집단에 의해 목숨을
잃게 된 것이다.

"왜 하필……"

상두였던 카논은 하필 왜 이런 육체에 들어오게 된 것인지
한탄이 절로 나왔다. 어떻게 이곳으로 들어왔는지도 알 수가
없는 상황.

하지만 그의 마음속에 스멀스멀 솟아오르는 한 가지 감정
이 있었다.

그것은 복수심……!

"김동준……."

학교에서 왕따를 주도하다 못해 박상두를 골짜기로 떨어
뜨린, 인간 같지도 않은 인간 김동준!

김동준이라는 녀석을 중심으로 복수를 해야 할 것이다. 그
렇게 하지 않고서는 그의 마음은 절대로 풀리지 않을 것이다.

하지만 지금의 육체 수준으로는 그들에게 상대가 될 수 있
을 것 같지는 않았다. 게다가 복수를 하려면 다시는 보복을
생각할 수 없을 정도로 짓밟아 주어야 한다. 그러기 위해서는
지금보다 더 강한 수련을 거듭해야 할 것이다.

불행 중 다행이라면 상두의 육체에 들어온 영혼이 오피니
아 대륙에서 마스터라는 고귀한 칭호를 얻은 자라는 것이다.
그것도 격투술로 말이다. 대륙을 휘젓고 다녔던 카논의 노하

우가 이 영혼에 남아 있다. 아무것도 쥔 것 없는 맨주먹에서 시작하지 않아도 되니 이 얼마나 다행스러운 일인가.

"흠……. 그런데……."

한 가지 걱정스러운 것이 있었다.

그것은 바로 박상두의 어머니였다. 행상을 하는 사람이지만 그렇게 건강이 좋은 사람은 아니었다. 언제나 몸이 편치 않은 사람이었다.

언제 쓰러져도 이상하지 않을 그런 건강 상태였다. 그녀의 아들은 아니지만 혼자 두자니 걱정이 되었다.

그것은 아직까지 남아 있는 박상두의 마음 때문만은 아니었다. 어머니의 정이 그리운 카논의 걱정이기도 했다.

"어머니……."

박상두의 육체에 들어간 영혼인 카논은 자신의 어머니를 떠올렸다.

죽도록 고생만 하다가 돌아가신 그의 어머니……. 상두의 어머니처럼 카논의 어머니 역시 아버지 없이 그를 키우다 그가 어린 시절 돌아가셨다.

"그래도 지금 내려가면 안 돼."

까놓고 말해서 그녀가 카논의 어머니는 아니지 않은가. 아무리 그녀가 걱정된다고 해도 그것은 상두의 마음이지 카논의 마음은 아닌 것이다.

더욱더 강해진 채 내려가는 것이 오히려 그녀에게 더 도움이 될 수도 있었다.

냉혹한 말이지만 그녀를 위해서도, 또 자신을 위해서도 이곳에서 더욱더 수련을 매진하는 편이 좋을 것이라고 그는 판단했다.

*　　　*　　　*

"하압!"

상두였던 카논은 그의 머리 크기만 한 돌을 한 손으로 들어올렸다.

"하압!"

다시 그것을 집어 던졌다.

쿠구궁하는 소리가 사방으로 퍼졌다. 예전의 상두의 육체였다면 생각도 할 수 없을 그런 힘을 손에 넣었다.

"후우……."

이 정도면 엄청난 힘이다. 또래의 소년들은 삽시간에 제압할 수 있는 그런 힘을 만들었다. 한 달간의 결과라고 할 수 없을 정도로 굉장한 성과였다.

하지만 이것만으로는 성에 차지 않았다. 카논의 진정한 힘에 비하면 이것은 정말이지 새발의 피였다. 그의 힘을 다시

되찾는 것은 불가능할지라도 최대한 힘을 더 키워 봐야 한다.

"아직 멀었어……."

상두의 몸에서 땀이 삐질삐질 흘러나왔다. 이 정도 힘을 쓴다고 이렇게 땀이 비오듯 흐르는 육체로 무엇을 할 수 있다는 말인가?

"더 이상의 수련은 몸에 무리만 가중시키겠군."

그는 임시로 만들어 놓은 그의 거처로 향했다.

"후우……."

나무로 엮어 놓은 거처는 생각보다 아늑했다. 하지만 곧 겨울이 다가온다. 이곳에서 얼마나 더 버틸 수는 없었다. 조금은 따스한 곳으로 내려가야 했다.

"이 정도 힘으로 내려가야 하나?"

그는 아직도 본인이 얻은 힘이 못마땅했다. 아무래도 마스터의 위치까지 올랐던 그다 보니 이 정도 힘은 성에 안 차는 것이다.

하지만 곧 겨울이 닥치면 이 육체로는 버티기 힘들다. 게다가 상두의 어머니가 걱정돼서 더 이상 기다릴 수는 없었다.

그는 생각을 멈추고 산삼을 하나 들었다.

이것은 대륙에서는 만드라케라고 불렸던 약초.

그것의 효능은 내재되어 있는 에너지를 증폭시키는 것에 있다. 이 세계에는 없을 줄 알았으나 생각보다 많았다.

하지만 대륙에 있던 만드라케에 비하면 그리 큰 효과는 없었다. 그래도 이것이 어디인가. 이 정도라면 충분히 그를 강하게 해줄 것이 분명했다.

그는 잠시 머뭇거렸다.

상두의 모든 기억을 다 읽어 내려갈 수는 없지만, 그가 속한 이 세상에서 돈이 가장 큰 힘을 지니고 있다는 것 정도는 알 수가 있었다.

이 만드라케는 이 세계에서 꽤 고가에 팔려 나갈 수 있는 물건이었다. 이것을 내다 팔면 어느 정도 생활비를 마련할 수도 있을 텐데 말이다.

"한 뿌리만 먹자."

그는 가장 큰 산삼 한 뿌리만 입에 넣고 씹었다. 나머지 산삼은 산에서 내려가면 여유자금으로 만들기 위해 챙겼다.

"오늘은 이만 자고 내일 내려가야겠다."

아직 날이 저물지 않았는데도 상두는 잠자리에 들었다.

다음 날 아침.

상두는 일찍 일어났다. 산속에서는 아침이 이르고 밤도 이르다. 그러다 보니 일찍 일어나는 것이 습관이 된 것이다.

그는 챙겨 놓은 산삼을 들고 하산할 차비를 하였다.

거처 밖으로 나온 그는 허술한 나무 움집을 물끄러미 바라보았다.

"그래도 정이 들었는데……."

한 달 동안 생활했던 임시 거처…….

떠나려니 왠지 어색하고 마음이 무거웠다. 하지만 그는 이 대로 이곳에 머물 수는 없는 노릇.

그는 발걸음을 재촉했다.

산속은 금세 해가 진다. 빠르게 움직이지 않으면 낭패를 볼 수도 있다. 경험으로 그것을 알고 있는 상두―물론 카논의 영 혼의 경험이다―는 빠르게 산을 내려갔다.

그는 거처 주변만 움직여 봤기 때문에 이 산의 지리를 잘 알 수가 없었다. 덕분에 그가 들어가는 곳마다 첩첩산중이 되 었다.

"이런, 낭패인데……."

하지만 머물러 있을 수는 없어 발걸음을 계속 아래로, 아래 로 움직였다.

얼마쯤 걸었을까?

그의 귓전으로 제법 위험해 보이는 소리가 들려왔다. 울음 소리나 여러 가지 정황을 따져 보았을 때 꽤나 큰 짐승의 것 이었다. 게다가 이런 소리라면 꽤나 감정이 격앙되어 있는 맹 수의 것이었다.

그는 그 소리를 최대한 피하며 움직이려 했다. 이런 곳에서 맹수와 싸움을 해서 얻어지는 것은 아무것도 없었다. 괜히 싸웠다가 목숨을 잃을 수도 있었다.

지금의 그의 육체는 맹수와 싸워서 이길 수 있다고 장담할 수 있는 그런 상태가 아니었다.

하지만 그는 도망칠 수 없었다.

"꺄아악!"

여성의 높고 날카로운 비명이 들렸기 때문이다.

그는 발걸음을 우뚝 멈췄다. 여성이 지금 맹수에게 붙잡힌 것 같았다.

'그냥 가자…….'

마음속으로 그렇게 되뇌었지만, 그냥 지나칠 수는 없었다.

그는 대륙에서도 소문난 격투가로서 최고 칭호 피스트 마스터를 얻은 자이다. 이런 상황에서 도망친다면 그의 명성에 금이 간다.

"아……. 어쩌지……!"

그의 마음은 고민하고 있었다. 그만큼 육체가 약하기 때문이다. 하지만 그의 몸은 본능적으로 소리를 따라 움직이고 있었다.

"나란 놈도 어쩔 수 없군."

그는 씁쓸한 웃음을 보이고는 빠르게 소리를 따라갔다.

"아니……!"

소녀와 맹수가 대치하고 있었다.

맹수는 검은 털이 듬성듬성 나 있고, 어금니가 우악스럽게 솟아나 있는 멧돼지였다.

크기는 대략 상두의 1.5배는 되어 보였다.

"도와줘요!"

소녀가 그를 발견하고는 그의 뒤로 빠르게 달려왔다.

"내가 도와주겠다. 걱정 마라."

상두는 그렇게 말하고는 멧돼지를 노려보았다.

멧돼지는 어디서 나타난 개뼈다귀인가 싶어서 컹컹거리며 다가오고 있었다. 이런 소년의 육체라면 이 정도로 기록적인 크기의 멧돼지에게는 상대가 되지 않을 것이다.

'강하다……'

척하고 보기에도 강하다. 근육이 잘 발달되어 있는 것으로 보아 꽤나 빠르게 달려 나올 것이다.

가장 위험한 것은 바로 어금니. 저 어금니에 찍힌다면 죽임을 당할 수도 있다. 그가 이길 수 있는 상대가 절대 아닌 것 같았다.

하지만 길고 짧은 것은 대봐야 아는 법.

약점만 공략한다면 이길 수도 있다. 중요한 것은 힘의 크기보다는 얼마나 힘을 잘 이용하느냐에 달려 있는 것이다.

'유함은 강함을 이길 수 있다.'

그는 스승이 그에게 내려준 극의를 생각했다.

멧돼지가 달려들었다.

상두는 침착하게 멧돼지를 바라보더니 방향을 틀어 달려 나갔다. 그의 뒤에 숨어 있던 소녀는 당황했다. 멧돼지도 상두를 노리지 않고 소녀를 향해 달려들었다. 그가 피한 탓에 소녀가 노출되었다.

"제길!"

그는 크게 손가락을 입에 넣어 큰 휘파람 소리를 냈다.

"됐다!"

다행히 멧돼지는 상두를 바라보았고 그를 향해 빠르게 방향을 틀어 흙먼지를 내며 달려들었다

"와라!"

상두는 갑자기 멈춰 섰고 멧돼지는 속도를 더욱더 내며 그에게 달려 들었다!

"안 돼!"

소녀는 이 뒤에 이어질 끔찍한 참사를 생각해서인지 큰 소리로 외쳤다.

"이때다!"

공중으로 솟구치는 상두!

대략 2미터 정도는 솟구친 것 같았다. 덕분에 달려들던 멧돼지는 상두 뒤에 있던 나무에 어금니가 박히게 되었다. 어디

로도 움직일 수 없는 상황이 된 멧돼지!

"미안하다! 나를 원망하지 마라!"

상두는 떨어져 내리며 멧돼지의 머리에 정권을 내질렀다. 콰직 하는 소리와 함께 멧돼지가 휘청거렸다. 뒤이어 멧돼지는 피를 토하며 축 늘어졌다.

상두는 본능적으로 상대의 약점을 잘 파악한다. 그는 멧돼지의 머리 부분에서 가장 약한 부분을 잘 골라냈다. 하지만 약한 부분이라고 해도 이 정도면 이 세계를 기준으로 해서 엄청난 힘을 소유한 것이다.

"후우……."

그는 큰 숨을 내쉬었다.

다리가 후들거렸다. 대륙에서 피스트 마스터라 불리던 그가 이런 일로 겁을 먹고 힘겨워 한다.

짜증이 밀려온다.

"젠장……!"

육체에 너무 동화가 된 것 같았다. 그러지 않고서야 그의 마음이 이렇게 약해질 리가 없었다.

"고, 고마워요."

소녀가 다가왔다.

그녀는 정말로 경이롭다는 눈으로 그를 바라보았다. 이 세계에서 맨손으로 멧돼지와 싸워서 이길 수 있는 사람은 손에

꼽을 수 있을 것이다.

하지만 그는 소녀 따윈 신경 쓰이지 않았다. 오로지 약해진 자신만을 계속해서 한탄할 뿐이었다.

"고마워요."

소녀는 다시금 상두에게 말했다. 약간은 뽀로통해 보였다. 자신이 무시당한다는 것이 마음에 들지 않은 것 같았다.

실은 소녀의 외모는 제법 예뻤다. 무엇보다 눈에 띄는 것은 등산복을 입었는데도 드러나는 탄탄한 몸매였다.

운동을 해서 근육이 생긴 몸매도 아니었고, 그렇다고 쫙 빠진 그런 마른 몸매도 아니었다. 보기 좋게 탄탄한 몸매였다.

예쁜 여자들은 본인이 예쁘다는 것을 잘 알고 있다. 하지만 이 앞의 목석같은 상두는 그녀를 보고도 아무런 반응을 보이지 않은 것이었다.

이런 경험은 처음인지 소녀는 헛웃음을 보였다.

"아……!"

상두가 잠시 움찔했다.

소녀는 이제야 자신의 외모를 알아보았다 생각하는 듯 우쭐해졌다. 하지만 상두의 입에서 나온 말은 전혀 다른 것이었다.

"돈을 조금 빌릴 수 있겠나? 도착하는 대로 갚아주겠다."

그의 말에 소녀는 황당했다.

도대체 처음 만난 아리따운 소녀에게 하는 말이 돈을 빌려 달라고? 게다가 초면인데 반말?

하지만 상두는 급했다.

돈이 있어야 집으로 돌아갈 수 있지 않겠는가.

"그게 무슨 말이에요?"

소녀는 상두에게 물었다.

"생명의 은인이니 그 정도 금전적 요구는 당연하다. 구미 까지 갈 수 있는 차비면 된다."

그의 말에 소녀는 고개를 절레 흔들었다. 하지만 정말로 목 숨을 구해준 생명의 은인인데 그냥 지나칠 수는 없었다.

"지금 줄 수 없어요. 아리따운 소녀를 이곳에 버려두고 가 시지는 않겠죠, 생명의 은인님? 이 산을 벗어나 터미널까지 데려다 주면 주겠어요."

그녀의 말에 상두는 고개를 끄덕였다. 그녀를 호위하는 것 이 썩 내키지는 않았지만, 그녀의 흥정을 받아들일 수밖에 없 는 상황이었다.

두 사람은 산을 빨리 빠져나올 수 있었다. 그녀의 스마트폰 에 내장된 산행을 도와주는 GPS 어플 덕분이었다.

산을 빠져 내려오자 이미 하늘은 어둑어둑해졌다.

그렇게 내려오는 동안에도 상두는 아무런 말이 없었다. 정말 목석도 이런 목석이 없을 것이다. 자신에게 관심이 없는 상두에게 삐친 소녀는 계속해서 얼굴이 부어 있었다.

그것을 알 리가 없는 상두는 터미널까지 그녀를 데려오고는 말을 이었다.

"이제 도착했으니 약속했던 돈을……."

상두의 말에 소녀는 지갑에서 대략 오만 원 정도를 꺼내서 내밀었다.

"참나……. 돈이 그렇게 좋아요?"

"그럼 감사히 받겠다."

그는 돈을 쥐자마자 뒤돌아섰다.

"뭐 저런 사람이 다 있어? 말투도 딱딱하고. 바보같이……. 흥!"

소녀는 그를 바라보며 흥하며 콧방귀를 뀌었다.

"아……!"

뒤돌아서 걷던 상두가 갑자기 그녀를 향해 다시 걸어왔다. 그녀는 이제야 내심 자신에게 관심을 가진다 생각하여 웃음을 보였다. 하지만 역시 또 예상이 빗나갔다.

"내 이름은 카… 아니, 박상두다. 인의 고등학교 박상두."

그는 그렇게만 말을 남기고 다시금 뒤돌아섰다.

"어쩜……."

그녀는 그런 그의 뒤를 바라보았다.

저런 남자는 처음이었다. 나쁜 남자가 매력적이라고 하는데 나쁜 남자는 아니었다. 시크한 것도 아니었다. 그저 무관심해 보이는 인상이었다.

그녀는 계속해서 그를 물끄러미 바라보았다.

"인의 고등학교 박상두라고 했지?"

그녀는 알 수 없는 웃음을 보이며 그의 모습이 완전히 사라질 때까지 바라보았다.

*　　　*　　　*

오늘도 행상을 나가야 하는 상두의 어머니이다.

하지만 그녀의 마음이 편치가 않았다. 수학여행을 간다고 나갔던 아들이 아직도 돌아오지 않고 있었던 것이다.

그것이 벌써 한 달째…….

보통의 어머니라면 모든 일을 제쳐놓고 아들부터 찾아 나서야 했다. 하지만 목구멍이 포도청인지라 하루라도 일을 하지 않으면 생활이 되질 않는다.

그녀는 멍하니 앉아만 있었다.

그녀의 김밥을 사려고 온 손님들도 그녀가 멍하니 있는 것을 보고는 고개를 절레절레 흔들고 돌아섰다. 자식이 행방불명 됐는데 일이 손에 잡힐 리 없었다. 그녀는 지금 살아갈 회망이 없었다.

이렇게 행상을 해서 돈을 버는 것도 자신보다 나이가 어린 사람들에게도 굽실하는 것도 모두 다 아들을 위해서였다. 하지만 그 아들은 이제 없었다.

분명히 김동준이라는 아이의 패거리와 함께 골짜기로 들어간 것을 본 아이들이 있다고 했다. 하지만 그 패거리는 상두를 본 적도 없다고 했다.

누구의 말을 들어야 할지…….

순간 그녀의 휴대폰이 울린다.

"누구지??"

그녀는 번호를 보았다. 모르는 번호였다. 지역번호는 강원도였다. 순간 머리를 스치는 생각에 그녀는 전화를 받았다.

"여… 보세요…….."

떨리는 목소리로 전화를 받았다.

—어머니.

그녀는 자신의 귀를 의심했다.

"사, 상두냐……!"

이것은 분명 자신의 아들 상두의 목소리였다.

—네, 맞습니다. 곧 집으로 돌아갈 테니 기다리고 계십시오.

"상두야! 상두야!"

상두는 그렇게 자신이 할 말만 하고 전화를 끊었다. 약간은 차가운 음성이었지만 한 달이나 고초를 겪었을 것을 생각하면 당연했다.

무엇보다 아들과 다시 연락이 닿았다. 그리고 돌아온다고 한다. 이것만큼 기쁜 일이 무엇이 있겠는가.

"하나님……! 감사합니다… 감사합니다……."

그녀는 눈을 감고 그렇게 계속 읊조렸다.

"후우……."

도착했다.

상두의 집이 있는 구미에 도착했다.

그의 몸은 빠르게 움직였다. 하루라도 집으로 돌아가고 싶었다. 상두의 육체에 남아 있는 마음 때문일까?

영혼이 바뀌었어도 몸은 기억하고 있었다. 집으로 가는 길을 말이다.

아무 생각이 없는데도 본능적으로 집으로 발걸음이 움직였다. 습관이라는 것은 그렇게 무서운 것이다.

그렇게 움직인 그의 발걸음은 신평동의 수많은 점집을 지나 달동네의 녹슨 대문 앞에 섰다.

금방이라도 부서질 듯 위태로웠다. 그는 문고리를 잡고 조심스럽게 당겼다. 녹슨 쇠문의 특유의 끼익거리는 소리와 함께 문이 열렸다.

아주 낡은 집이었다.

당장에라도 무너질 것 같은 허름한 집이었다. 하지만 이 모습이 정겨웠다. 하수도의 악취도 정겨웠다. 모든 것이 정겨웠다. 상두의 기억속에서는 이 모든 것들이 지긋지긋한 인상으로 남아 있었다. 그래도 상두는 내심 이곳이 그리웠던 것이다. 카논의 영혼이 반응하는 것이 아니라 육체가 반응하는 것을 보면 그것을 알 수 있었다.

그의 앞에는 눈물을 흘리고 있는 중년 여성이 있었다. 그녀는 천천히 고개를 들어 올려 상두를 바라보더니 눈이 커졌다.

"상두야!"

그녀는 맨발로 신발도 신지 않고 뛰어와 그를 안았다.

포근했다.

무척이나 포근했다. 등을 쓰다듬는 손길이 따스했다. 이 따스함은 상두의 몸속의 영혼인 카논에게까지 전해졌다.

"어… 머… 니……."

그의 눈에 자기도 모르게 눈물이 흘렀다.

'아무래도 상두라는 놈의 육체에 너무 동화가 된 것 같다.'

아니다.

애써 이 감정을 감추려 했지만 그런 것이 아니었다.

상두의 육체의─카논의 영혼은 자기도 모르게 돌아가신

어머니의 생각이 떠오른 것이었다. 그녀가 생각나 이렇게 자기도 모르게 눈물이 흐르고 만 것이다.

"돌아왔어요."

"잘 왔다……. 잘 왔어."

그녀는 상두의 얼굴을 매만지며 하염없이 눈물을 흘렸다. 모자는 그렇게 서로 부둥켜안으며 눈물을 계속해서 쏟아 내었다.

CHAPTER **02**
어머니

상두는 돌아왔다.

어머니는 상두가 돌아온 날 거하게 닭볶음탕을 끓여주었다.

맛있게 먹었다. 맛이 중요한 것이 아니었다. 오랜만에 맛을 본 어머니의 손맛이었다.

그리고 극진하게 간호하고 걱정해 주었다. 상두는 조금은 어색했지만 이내 오랜만에 느껴지는 포근한 어머니의 느낌에 받아들이고 있었다.

상두는 일단 학교는 한 달가량 쉬기로 결정했다. 몸이 아직 완전히 낫지 않았다는 평계였다.

학교 측에서도 출석 일수 220일 중에 3분의 1만 빼먹지 말라고 당부했다. 그렇지 않으면 유급이었다.

대략 70여 일이 한계인데 상두가 한 달을 쉬면 60일이니 아직 여유가 좀 있었다. 유급은 면할 수 있는 것이다.

사실 가장 큰 목적 중 하나는 어머니의 행상을 돕는 것이었다. 아무래도 어머니 혼자서 그 힘든 일을 한다는 것이 상두는 마음에 걸렸다.

하지만 다른 한편으로는 수련을 제대로 하기 위함이었다.

어떠한 세계든 힘이 있어야 한다. 그 힘은 지금 일단 그에게 육체의 강함이었다. 힘이 있다면 무엇이라도 할 수 있지 않겠는가.

어머니는 그가 달라진 것을 느낄 수가 있었다. 아니, 다른 사람인 것처럼 느낀 것이다. 유심히 그를 지켜보았다.

하지만 어디도 티가 나지 않았다. 그저 오랜만에 아들을 본 위화감이라고 애써 고개를 절레 흔들었다.

오늘 하루도 해가 저물었다.

상두는 방 안에 누웠다.

천장의 벽지가 뜯어져 있었고, 쥐가 천장을 뛰어다니는 '두두두' 하는 소리가 들렸다. 전등은 바꿀 때가 되었는지 꺼졌다 커졌다를 반복했다.

요즘의 흔한 형광등도 아니었다. 백열전구였다.

"정말 가난하구나."

사실 상두는 지금 이 집이 얼마나 가난한 것인지 체감할 수는 없었다. 그의 몸을 지배하고 있는 영혼 카논은 이것보다 더한 삶을 살아왔으니까.

하지만 뇌의 정보로 보았을 때 이 세상에서 하층민에 속하는 듯했다.

"내가 살던 세계보다 더 살기 힘들구나."

세상사는 것은 어디나 다 힘들다고는 하지만 이 세계는 정말로 힘든 것 같았다. 돈이 없으면 대부분의 것을 영위할 수 없고 불편함을 초래했다.

이 세상에서는 돈이 계급이고 돈이 모든 것이었다.

게다가 돈이 없으면 머리라도 좋아야 하는데 이 상두라는 놈은 머리도 그리 좋지가 않았다.

공부를 잘해야 좋은 직업도 가질 수 있는 이 세계에서는 '루저'라고 할 수밖에 없는 상황이었다. 그래서 공부를 못하면 이 세상에서는 학업 외 수업을 하는데 그것 역시 돈이 없으면 받을 수 없다.

"공부가 안되면 몸이라도 좋아야지."

그가 육체의 강함을 더욱더 수련하려는 이유가 바로 그것이었다. 공부를 못한다면 몸이라도 건강해야 하지 않는가.

어떤 세상이라고 해도 몸뚱이만 건강하면 충분히 살 수 있을 것이다.

"생각한 김에 움직이자."

이곳 속담에 쇠뿔도 단김에 빼라고 했다. 그는 벌떡 일어나 근처 운동장에 갔다.

깊은 밤이라서 그런지 운동하는 사람도 하나 없었다. 그러나 저 멀리서 담뱃불이 번뜩였다. 아무래도 담배를 피우는 청소년 같았다.

그 모습에 상두의 몸이 자기도 모르게 움츠러졌다. 카눈의 영혼이 들어가기 이전의 버릇이 남아 있었던 것이다.

"빌어먹을…… 정말로 아주 구질구질하게도 살았군."

그는 고개를 절레 흔들고 몸을 폈다.

담뱃불이 조금씩 그를 향해 다가온다. 아무래도 그들은 상두를 먹잇감으로 생각하는 것 같았다. 하지만 그는 이제 주눅들지 않았다. 이제 저런 양아치들은 그의 상대가 되지 않을 테니까.

그는 느긋한 걸음으로 나아가 철봉의 가장 높은 곳을 훌쩍 뛰어 잡았다.

그것도 한 손으로.

그리고 마치 체조선수처럼 휙휙 돌았다. 그러자 담뱃불이 조금씩 뒤로 멀어진다.

"꼬리 내린 개 같군."

꼬리 내린 개…….

딱 적당한 표현이었다. 자신보다 강한 상대를 만난 그들은 꼬리 내린 개마냥 자리를 피했다.

이 세계의 사람들은 겁들이 많았다.

그가 있던 이전 세계는 결투도 흔했고 복수도 흔했다. 농민이라도 강한 자들이 상당히 많았다. 그렇기에 살인도 빈번했던 것이 사실이다.

하지만 이곳은 살인을 하면 법적으로 제재를 받는다. 정당한 살인은 벌을 받지 않았던 이전 세계와는 다르다.

"몸이 근질근질하긴 하군."

불의를 보면 참지 못하고 달려들던 습성이 아직도 남아 있는 것 같았다. 하지만 불의를 본다고 해서 상대를 죽도록 팬다면 또 법적으로 제재를 받는다. 얌전히 성질 죽이고 살고 있어야 한다.

"이 세상은 참 살기 힘들어."

그는 고개를 절레 한 번 흔들고 수련을 시작하였다.

처음으로 시작한 것은 지구력 향상이었다. 지금의 그의 상태는 근력은 제법 강해져서 천천히 훈련을 해도 될 것이다. 그에게 모자란 것은 지구력. 지속력이 떨어진다. 몸속의 에너지를 제대로 사용하려면 지구력이 필수적이다.

운동장을 몇 바퀴 뛰었는지 모른다. 대략 육십 바퀴 이후에
는 세지 않았으니까. 하지만 육체는 잘 견디지 못했다. 숨이
헉헉 나오고 있었다.

"이… 이런 몸이라니……."

그는 일단 쉬려고 풀썩 주저앉았다.

이 육체가 아니고 본래의 육체라면 이 운동장쯤은 종일토
록 뛰어도 피곤하지 않았을 것이다.

"후우……. 공기도 좋지 않군."

이곳은 공기도 좋지 않다. 숨이 찬데도 공기가 맑지 않으니
쉽사리 호흡이 가라앉지 않는다.

호흡뿐만이 아니었다.

이런 공기라면 몸속을 도는 에너지를 향상시킬 수가 없을
것 같았다. 몸에서 흐르는 에너지—딱히 스승께서 가르쳐 준 적
이 없다—를 더욱더 향상시키려면 호흡이 가장 중요하다.

호흡을 통해 에너지를 정제하고 또 호흡을 통해 몸으로 순
환시킨다.

"만드라케를 먹어야 되나……."

만드라케는 그의 에너지를 더욱더 향상시킨다. 하지만 그
는 이내 생각을 지웠다.

이곳 근처의 산을 모두 돌아다녀 봤는데 만드라케는 보이
지 않았다. 본래 만드라케는 산속에 하나 정도 있을 정도로

희귀한 것이기는 하다.

하지만 이 주변의 산 열 봉우리 이상을 뒤져도 그것은 찾을 수가 없었다. 수중에 만드라케가 없는 것은 아니었다. 설악산에서 채집한 것이 대여섯 개 남아 있기는 하다.

만드라케는 에너지를 향상시키는 효력도 있지만, 만병을 다스리는 효력도 있었다.

게다가 가격이 꽤나 나가는 물건이다. 위급한 상황을 위해 아껴둘 필요가 있었다.

그래도 이 운동장은 숲이 근처여서인지 숨을 고르고 명상을 하니 에너지가 조금씩은 향상됨을 느낄 수가 있었다.

하지만 그 양이 미미하다. 그나마 이 정도라도 십 년 이십 년이 지나면 분명 강력한 힘을 가질 수 있을 것이다.

"후우……."

어느 정도 수련을 마친 그는 운동장에 털썩 누워 버렸다.

"하늘에 별이 왜 이렇게 없냐."

하늘은 대기오염으로 별이 많이 보이지 않았다. 별이라도 보이면 기분이 상쾌하련만…….

상두, 그러니까 카논은 이제 자신의 세계로 돌아가는 것을 단념했다.

"제기랄, 빌어먹을 카이데아스 놈……."

그는 마신 카이데아스를 봉인하기 위해 일어섰다. 하지만 도리어 그에게 저주를 받아 이 세계에까지 떨어지게 된 것이다. 게다가 그의 육체는 어디로 사라졌는지 찾을 수 없었다.

"육체가 없으니······. 돌아가도 예전 같은 명성을 얻을 수 없을 테고······. 게다가 난 마법사가 아니니."

클래스가 마법사였다면 어떻게든 연구를 했을 텐데 그의 클래스는 격투가이다. 타 차원으로의 이동이 가능한 마법을 연구해 낼 머리가 없는 것이다.

그렇다면 방법은 하나.

이곳에서 상두로서 열심히 살아가야 한다.

"내일은 어머니 일을 제대로 돌아봐야겠어."

상두로서의 삶을 제대로 살려면 일단 어머니의 일부터 돕는 것이 순서일 것이다. 상두의 육체에 남아 있는 기억으로 볼 때는 어머니의 일이 쪽팔린다고 도와준 적이 없었던 것 같았다.

"아주 그냥 불효자로구만."

그는 머리를 절레절레 흔들고는 벌떡 일어나 옷을 털고 운동장을 빠져나갔다.

*   *   *

처음으로 행상 일을 돕는 아이들을 흐뭇하게 돌아보고 있는 어머니였다. 예전과 다름없이 약간은 내성적인 것 같아 보이기는 했지만, 묵묵히 어머니의 일을 돕고 있었다. 예전과 많이 달라진 아들의 행동이지만 그래도 기특했다.

"이제 들어가 쉬어. 이제 곧 학교 가려면 집에서 좀 쉬어야지."

"괜찮습니다, 어머니."

김밥 장사만 하던 어머니지만 이제는 토스트도 함께 팔고 있었다. 아들이 이제 곧 대학에 들어가려니 무리를 해서라도 좀 더 사업(?)을 확장해서 키울 필요가 있었다.

성실하고 맛있게 만드는 어머니의 평판은 사방으로 퍼졌다. 그래서 생각보다 매출이 올라선 것도 사실이다. 그렇기에 더더욱 상두가 도와야 했다.

어느 정도 바쁜 시간이 지났다.

"이제 정말 들어가 봐. 너도 재미있는 것 하고 놀아야지."

어머니는 아직도 일을 도와주는 아들에게 말했다. 하지만 상두는 떠날 생각이 없었다. 퇴근 시간이 되면 또 바빠진다.

"괜찮습니다, 어머니."

어머니는 잠시 상두를 힐끗 쳐다보았다.

"엄마 말 안 들을래, 욘석이?"

그녀는 꿀밤을 꽁하고 때리더니 꼬깃꼬깃한 오천 원짜리를 전대에서 꺼내 내밀었다.

"요새 용돈 준 적이 없는 것 같구나. 이거 가지고 햄버거라
도 사 먹어. 너 햄버거 좋아하잖아."

하지만 상두는 고개를 절레 흔들었다.

저 꼬깃꼬깃한 오천 원을 벌려면 어머니가 얼마나 고생해
야 하는지 그는 오늘 제대로 보고야 말았다. 그런데도 이 오
천 원을 선뜻 받아 들겠는가.

"가서 햄버거나 사 먹어, 얼른 받어."

하지만 어머니의 성의를 계속 무시하는 것도 아닌 것 같았
다.

"고맙습니다."

일단 돈을 받아 쥐었다.

쓰지 않고 저금을 했다가 어머니에게 필요한 것을 살 때까
지 모으면 되는 것이다.

그는 꼬깃꼬깃한 돈을 손에 꽉 쥐고는 가벼운 발걸음으로
걸어가고 있었다.

"응?"

그런데 어떠한 사람들이 마구 뛰어갔다. 평상복에 모자를
쓰고 조끼 같은 것을 통일해서 입은 것이 어떠한 곳에서 파견
된 사람인 것 같았다. 마치 전투에 투입되는 사람들처럼 경직
되어 있었다.

"뭐지?"

그는 불길한 예감이 들었다. 그는 고개를 돌아보았다.

불길한 예감은 언제나 들어맞는다.

"왜 이래요!"

그들은 어머니의 리어카 노점을 치우기 시작했다. 그 과정에서 재료들이 모두 바닥에 떨어졌고 어머니는 필사적으로 그것들을 막아내기 시작했다. 밀고 밀치는 과정에서 어머니는 넘어져 버렸다.

"이놈들아, 왜 이러는 거냐……!"

바짓가랑이를 잡고 늘어지자 그는 마구 발을 흔들어 상두의 어머니를 떨구어 내려 노력했다. 그 모습에 상두는 피가 거꾸로 솟아올랐다.

"빌어먹을 놈들!"

그는 빠르게 내달렸다.

앞뒤 생각할 것이 없었다. 그는 눈에서 불꽃이 팍팍 튈 정도로 화가 나 있었다. 지금의 상황을 막아야만 했다.

"이봐, 무슨 짓이야!"

그는 노점을 두들겨 부스는 자들을 향해 달려들었다. 그리고 넘어뜨렸다. 때리고 싶었지만, 그가 힘을 제대로 쓴다면 이들은 큰 부상을 입을 것이다. 그렇게 되면 경찰에 불려 갈 것 같아 참아냈다.

"이 어린 노무 시키가! 이곳에서 노점상 하면 안 되는 거 몰라? 우리는 단속반이야!"

보통의 단속반 같지는 않았다. 아마도 용역업체에서 나온 것 같았다.

"그렇다고 이런 기물들을 다 부숴 버리는 게 어디에 있는가!"

상두의 외침에 그들은 신경 쓰지 않고 물품들을 수거하기 시작했다. 일단 압수하고 난 뒤 다시 벌금을 받으면 돌려줄 요량이었다.

"안 된다 이놈들아! 그건 장사밑천이다!"

어머니는 처절하게 외치고 있었다. 아무리 다시 돌려준다고 해도 하루 벌어 하루 먹고 사는 상두의 가정에 저것은 생계의 위협이었다.

화가 난 상두는 단속반 중 하나의 손목을 부여잡았다.

"그만해!"

그는 그렇게 그를 노려보았다. 엄청난 살기가 감돌았다.

"으으으……! 이거 놔!"

단속반의 손목이 부서질 듯 아파 오기 시작했다. 그만큼 상두의 악력이 강한 것이었다.

상두는 주먹을 들었다. 금방이라도 내려칠 기세였다. 하지만 함부로 주먹을 휘둘러서는 안 된다. 또다시 어머니를 혼자 내버려 둘 수는 없었다.

"어린놈이 힘이 왜 이렇게 세! 얘들아 이놈 좀 치워봐!"

상두의 힘이 조금 약해진 것을 느낀 단속반의 명령.

나머지 단속반이 그를 밀치기 시작했다. 아무리 그라고 해도 공격을 하지 못하는 상황에서는 밀릴 수밖에.

차도로 밀려 나갔다.

그때!

승용차가 경적을 울리며 달려오기 시작했다.

"안돼!!"

순식간의 일이었다.

어머니가 달려와 그를 밀치고 대신 차에 치여 버린 것이다! 승용차가 브레이크를 밟았지만 그래도 속도는 중상을 입힐 만했다.

상두의 눈이 커졌다. 단속반들도 순식간의 상황에 당황해서 어쩔 수가 없었다. 갑자기 일어난 사고에 사방에서 비명 소리가 들려왔다.

분명히 피할 수 있었다.

그녀가 도와주지 않아도 피할 수 있었다. 하지만 그것을 알리가 없는 어머니는 자식을 위해 몸을 날렸던 것이다.

"어머니……."

상두는 머리에 둔기를 맞은 듯 띵했다.

"어… 머… 니……."

그의 눈에는 눈물이 가득 차올랐다.

"엄마!!"

그는 달려 쓰러진 어머니를 부여잡고 오열했다.

상황이 급박하다고 했다.

팔다리가 골절되고, 갈비뼈가 나갔지만 아직 뇌를 다쳤는지 알 수 없는 상황이라고 했다.

의식 또한 아직 없었다. 상두는 불안해지기 시작했다. 자신을 위해서 몸을 내던졌다.

'나는 친자식도 아닌데……'

몸만 상두지 영혼은 상두가 아니지 않은가.

하지만 그녀는 그가 상두가 아니라고 해도 분명히 구해줄 그런 심성을 가진 사람이었다. 정말 순수한 사람이었고, 누구보다 착한 사람이었다.

"어떻게 해야 하지……"

그가 고민하고 있는 사이 의사가 다가왔다.

"김묘선씨 보호자 되십니까?"

"그렇소만."

상두의 어색한 말투에 의사는 살짝 인상을 찌푸렸지만, 이윽고 자신의 말을 이었다.

"어머니의 상태는 괜찮아요. 뇌에 충격을 받았다고 생각했지만 별문제가 없는 것 같습니다. 사고 충격 때문에 정신을 잃었지만 다시 깨어나실 겁니다."

"고맙습니다."

상두의 인사에 의사는 접대용 미소를 지으며 다시 돌아갔다.

"흠……."

상두는 고민을 했다. 아무리 그의 영혼이 카논이라고는 하지만 일단은 어머니가 저러고 있으니 걱정이 되는 것이 사실이었다.

"만드라케……."

그는 나지막이 읊조렸다. 그에게는 만드라케가 있었다. 그것을 달여 복용하면 회복이 더 빨라질 수 있을 것이다.

그는 고민 끝에 일어나 집으로 향했다.

자신의 방 서랍 깊숙한 곳에 넣어둔 보자기를 꺼냈다. 보자기를 열었더니 산삼이 모습을 드러냈다.

"흠……."

분명히 이것을 상두가 복용한다면 더 많은 힘을 얻을 수 있을 것이다. 하지만 어머니가 복용하면 회복할 수 있다. 게다가 병원비를 내려면 이 만드라케를 팔아야 할 것이다.

그는 만드라케를 달이기 시작했다.

이것은 정성이 중요하다. 정성스럽게 며칠을 먹지도 않고 잠을 자지도 않고 만드라케를 달였다. 자는 시간도 먹는 시간도 아깝다.

시간과 정성의 싸움.

"이제 됐다."

어느 정도 달여서 진액이 되었을 때에 그는 그것을 통에 담아 들었다. 잠이 와서 눈꺼풀이 내려왔다. 하지만 이대로 있을 수는 없었다.

어머니에게 향했다. 이것만 먹는다면 분명 일어날 수 있을 것이다.

하지만 병원에 도착했을 때.

"안됩니다."

의사는 그것을 거부했다.

"알 수 없는 약을 신용할 수는 없습니다. 게다가 지금처럼 환자의 의식이 없는 상태에서 투약은 어렵습니다."

통하지 않았다.

만드라케의 효능을 의사는 믿지 않았던 것이다. 하지만 의사의 입장에서는 검증되지 않은 약을 투여할 생각이 없는 것이 당연했다.

"그래도 좋은 약이라고 하잖소."

그는 항변했다. 어떻게든 어머니를 살려야 하지 않는가. 하지만 의사는 고개를 가로저으며 말했다.

"의사를 믿지 않고 어떻게 병원에 환자를 맡기는 겁니까. 일단 믿고 기다립시오."

하지만 그의 말이 맞는 것은 사실이었다. 의사를 믿지 않는다면 어찌 병원에 환자를 맡기는가.

"그렇다면… 에너지를 사용하면……."

그의 몸속에 흐르는 에너지를 사용하면 분명히 어머니를 좀 더 빠르게 회복하게 할 수 있을 것이다.

하지만 그럴 가치가 있을까.

어찌 되었든 간에 그녀는 그의 생모는 아니다. 좀 복잡하지만 지금 상두의 입장에서는 그러하다.

시전자의 육체를 고치는 것보다 다른 사람을 고치는 것이 에너지가 더 많이 든다. 사람을 고치는 데 사용된 에너지는 다시 회복되지 않는다.

쓴 만큼 에너지를 담는 그릇의 크기가 줄어든다는 것이다. 이만큼 모은 것도 많이 힘들었다. 그런데 다시 줄여야 한다니 고민이 되는 것이 사실이었다.

상두는 생각을 굳혔다.

"어머니는 내가 당신 아들이 아니라고 해도 구해주셨을 거야."

그렇게 생각이 되었다. 심성이 고우신 분이었다. 그런 분을 죽게 놔두는 것은 마스터의 칭호를 받은 그의 명성에 해가 된다.

그는 밤에 어머니의 병실에 들어갔다. 이제 안정이 되었는지 혈색이 그리 나쁘지 않았다.

그는 말없이 그녀의 손을 두 손으로 꼭 잡았다.

그의 몸에서 푸른색 기운이 일렁거렸다. 그 기운은 조금씩 두 손으로 모였다. 두 손으로 모이자 기운은 하얀 빛을 띠며 조금씩 어머니의 몸속으로 스며들어 갔다.

상두의 몸이 땀으로 범벅이 되어 가고 있었다. 본인을 낫게 하는 것보다 역시 남을 치료하는 편이 훨씬 더 힘이 드는 것 같았다.

조금씩 푸른색 기운의 일렁거림이 줄어들어 간다.

'조금만 버티자!'

지금의 육체와 에너지로는 상당히 힘든 것이 사실이었다.

"조금만… 조금만 더……!"

그는 정신을 잃은 것만 같은 것을 그대로 부여잡았다. 그래도 그간의 수련이 그렇게 헛된 것은 아닌 듯 꽤 버틸 수가 있었다. 이 정도 힘이라면 그가 살던 세계에서도 충분히 써먹을 수 있는 정도였다. 괄목할 만한 성과가 아닌가.

갑자기 그의 손을 잡는 힘없는 손.

"아니……!"

상두는 놀라고 말았다.

그의 손을 잡은 것은 바로 어머니의 손이었다. 의식이 돌아왔지만 아직 말을 할 수 없는 그녀는 천천히 고개를 절레절레 흔들었다. 그 의미를 상두는 잘 알고 있었다.

본능으로 그녀는 상두의 목숨이 위험할 수도 있다는 것을 알고 있었던 것이다.

아들의 손을 떼어내려 했다. 힘은 없었지만 알 수 없는 강한 반발력에 의해 상두의 손은 떨어졌고 그대로 그는 정신을 잃었다.

어머니는 얼마 지나지 않아 퇴원할 수가 있었다.

아직 완전하게 원기를 회복한 것은 아니었지만 불가사의한 일이 일어나 온몸의 상처가 아물었다. 의사들은 의아했고 또 놀랐다.

병원비는 산삼을 판매한 비용으로 하였다.

병원에서부터 집으로 돌아오기까지 어머니는 아무런 말을 하지 않았다. 병원비에 대해서도 어떻게 이렇게 빨리 나았는가에 대해서도 전혀 묻지 않았다.

상두의 심장이 뛰었다. 두근거릴 수밖에 없었다. 자신의 아들이 갑자기 이상한 힘으로 자신을 살렸으니 이상하게 생각되는 것도 어쩔 수 없었다.

'어쩌면 나를 괴물로 생각할 수도 있을 거야.'

이로써 그녀는 상두의 몸에 있는 영혼이 상두가 아니라는 사실을 알게 되었는지도 모른다.

어느 정도 회복이 된 어머니는 단속반에게 다시 건네 받은 리어카를 이끌고 다시 장사를 하러 나갔다.

상두는 말없이 그녀의 뒤를 따랐다.

도무지 그녀의 속을 알 수가 없었다. 남 대하듯 하지는 않았지만, 그에게 말을 하지 않으니 답답할 노릇이었다.

"상두야."

잠시 그녀가 리어카를 멈추었다. 상두의 가슴은 덜컹 내려앉았다.

"어머니, 왜 그러십니까."

"진짜 상두 맞니?"

상두는 잠시 움찔했다.

'드디어 올 것이 왔군…….'

상두는 일단 마음을 안정시키고 어머니의 다음 행동이나 말을 기다렸다.

한참을 기다렸지만 어머니는 말이 없었다.

"어머니……. 혹시… 병원에서 있었던 일 기억나십니까."

그의 물음에 어머니는 고개를 절레절레 흔들었다. 모르는 것인지 모르는 척하는 것인지…….

"요즘 행동이 많이 달라져서 이상했는데……. 진짜 상두 맞니?"

본능적으로 자신의 아들이 달라졌다는 것을 그녀 역시 느끼고 있었던 것이다.

"아니… 됐다… 됐어……. 이렇게 효도하고 있으니 상두가 맞겠지. 무엇을 해도 상두, 나쁜 짓을 해도 상두니까. 내 배 아파서 낳은 아들을 믿지 못하면 누구를 믿겠니……."

그녀의 말에 상두의 입술이 부들부들 떨려왔고 눈이 눈물로 젖어갔다. 그녀는 어떠한 상황에서도 그를 믿어주고 있었다.

"어머니……."

"왜 그러니?"

"만약에… 정말 만약에 제가 상두가 아니래도 그때 저를 구해주셨을 겁니까?"

"물론이지. 하지만 넌 상두다. 금쪽을 줘도 바꾸지 않을 내 새끼."

그녀는 그렇게 답하고 리어카를 끌었다. 상두의 눈은 기어코 눈물이 흘러 내렸고 앞이 보이지 않을 정도였다.

'그래, 상두로서 살자……. 상두로서…….'

그녀의 사랑에 보답하고자 그는 상두로서 살기로 다짐에

또 다짐을 했다. 속이려면 진짜처럼 생활하며 그녀를 완벽하게 속여야 할 것이다.

그것이 이 순하디 순한 어머니를 실망시키지 않는 일이리라…….

CHAPTER **03**
학교로 돌아가다

쉬는 시간 학교, 특히나 교실은 시끄럽기 그지없었다.

넘치는 에너지를 딱히 어디에 풀어놓을 수 없는 이맘때의 청소년들은 미친 망아지처럼 날뛴다. 항상 학교에만 있다 보니 어쩔 수 없는 노릇이다.

하지만 2학년 4반 교실은 꽤나 조용했다.

다른 반 아이들은 쉬는 시간이라 작은 악마들처럼 떠들고 있지만, 그들은 참아야 했다. 이 반의 실세이자 2학년의 실세인 김동준이 있기 때문이었다. 그래도 보통 때에는 시끄럽게 떠들 수 있었지만 지금은 김동준의 심기가 엄청나게 좋지 않다. 아이들은 눈치를 볼 수밖에 없었다.

심기가 좋지 않은 이유는 간단했다. 죽은 줄로만 알았던 상두가 돌아온다고 한다. 하지만 언론이 조용하다.

수학여행에서 실종되었다가 돌아온 고등학생. 언론에서 냄새를 맡고 군침을 흘릴 만한 소식이 아닌가? 하지만 조용하다.

그 이유는 김동준의 아버지가 언론에 이미 손을 써두었기 때문이다. 실종된 것도 학교에 돌아온 것도 모두.

어쨌든 이 놀라운 소식에도 아이들은 대놓고 놀라지도 못하였다. 모든 아이가 김동준의 눈치를 볼 수밖에 없었다.

공공연하게 김동준이 상두를 죽였다는 소문이 돌기도 했기 때문이었다. 하지만 아무도 입 밖으로 내지는 않았다. 입 밖으로 낸 사람은 분명히 큰 해를 입을 것이 분명했다.

김동준의 아버지가 국회의원을 지내고 있기 때문이다. 덕분에 김동준은 아버지 백만 믿고 안하무인으로 학교를 휘젓고 있었다.

그의 만행을 선생들도 다들 알고 있었지만 어찌할 수가 없었다.

"어떻게 하지, 동준아?"

김동준의 오른팔 격인 강준현이 불안한 듯 묻는다. 실수라고는 하지만 김동준은 상두를 절벽으로 밀었다. 그것을 말리지 못한 강준현도 공범이 아닌가? 상두가 돌아와 입을 놀린다 면 문제가 커질 수가 있다.

"뭘 어떻게 해?"

동준은 되물었다. 그는 여유로운 표정을 견지하고 있었지 만, 불안한 것은 어쩔 수 없었다. 하지만 아이들에게 약한 모 습을 보이지 않기 위해 강한 척을 했다. 약한 모습을 보여서 빈틈을 노출하면 기어오르는 놈들이 많아질 것이기 때문이 다.

"그딴 새끼 와봤자야. 신경 쓰지 마, 새끼야. 우리가 죽였 냐? 그건 실수였다고."

"그래도……."

"잘못되면 우리 아버지 빽으로 넘기면 되는 거야. 알았어? 입 함부로 놀리면 죽여 버린다."

그의 위협에 강준현은 그저 고개를 끄덕일 수밖에 없었다. 사실 동준의 기에 눌렸다기보다는 그의 아버지의 위세에 눌 렸다고 봐야 한다.

'니네 꼰대만 아니면 너는 한주먹거리도 안 된다, 씹새야.'

강준현은 그렇게 속으로 읊조렸다.

"담임 들어온다!"

한 학생이 문 앞에서 아이들에게 알렸고, 모두 자기 자리에 빠르게 달려와 앉았다.

"벌써 왔다, 담임."

선생은 출석부로 소리친 학생의 머리를 툭 하고 치고 앞으로 들어왔다. 모두의 시선이 담임의 뒤를 따라오는 상두에게 쏠렸다.

모두 놀라고 말았다.

드디어 죽은 줄 알았던 박상두가 나타난 것이다. 하지만 그들이 놀란 것은 그의 생사 때문이 아니었다.

그들이 익히 알고 있는 박상두의 모습이 아니었다. 그들이 기억하는 모습은 약하고 비리비리한 모습인데 지금 그는 온몸에 근육이 붙었는지 다부져 보였다.

무엇보다 달라진 것은 눈빛이었다. 자신감이라고는 하나도 없는 그런 모습의 상두였지만 지금의 그는 자신감이 넘쳐흘렀다.

'저게 박상두라고?'

하지만 김동준은 잠시 놀라고 말았다. 그가 가장 놀란 것은 눈빛이었다. 그 자신만만한 눈빛 말이다.

상두는 자신만만한 눈빛으로 동준을 바라보고 있었다. '너 같은 자식은 한주먹거리도 안 돼' 라고 말하는 것 같았다.

그의 눈빛은 자신감만 있는 것이 아니었다. 날카롭고 또 위협적으로 느껴졌다. 김동준은 오금이 저릴 정도였다. 하지만 그는 '쫄' 수 없었다. 그는 2학년 일진 짱이다.

아니, 이 학교 실세다. 쪼는 순간 아이들의 웃음거리가 될 수밖에 없는 것이다.

'역시 어린 녀석이군. 허세로 가득 차 있어.'

상두는 그렇게 허세를 보이는 김동준을 보며 한껏 비웃어 주었다. 어린아이의 허세에는 역시 비웃음보다 더 좋은 약이 없을 것이다.

"자, 상두가 한동안 행방불명되었던 것은 알고 있지? 그러니까 잘 돌봐주고. 뒤떨어진 진도도 좀 많이 알려주어야 한다. 알았지?"

담임은 그렇게 말하고 상두에게 자리로 가 앉으라 말했다. 상두는 자신의 자리를 가는 도중 김동준의 옆을 스쳐 지나갔다.

"네놈이 김동준이냐?"

섬뜩했다.

그를 노려보는 상두의 눈빛이 섬뜩했다.

김동준은 온몸의 털이 바짝 서는 것 같은 느낌이 들었다. 맹수 앞에 서 있는 초식동물이 이런 느낌이 이럴까?

동준은 엄청난 두려움이 느껴졌지만 쫄지 않으려 노력했다. 아니, 쫄 수가 없었다. 그는 2학년 짱이니까.

"씨발놈. 무슨 허세냐. 그리고 김동준이냐고? 나를 모르냐, 씨발아? 같은 반 친구도 몰라보냐? 절벽에서 떨어지더니 미쳤구나."

상두는 김동준에게 더 다가가 한마디를 흘렸다.

"친구라는 자가 친구를 죽이나?"

김동준의 몸이 굳었다. 확실히 상두는 지난번 일로 그에게 앙심을 품은 것이 분명했다. 하지만 겁날 게 무엇이 있는가? 그의 아버지는 국회의원이다. 무엇이든 다 처리해 줄 것이다.

"씨발, 그렇게 나와 봐. 어차피 난 너 하나도 무섭지 않아."

"허세가 가득 찬 애송이."

상두는 동준의 허세에 '훗' 하고 웃어버리고 자신의 자리에 앉았다. 김동준은 계속해서 상두를 노려보고 있었다. 하지만 상두는 신경을 쓰지 않았다.

저 정도의 위인이라면 언제고 혼꾸멍을 내줄 수 있을 것 같았다. 복수 따위는 생각할 필요도 없을 정도로 쓰레기였다.

"안녕."

그가 자리에 앉자 짝이 인사했다. 하지만 상두는 신경 쓰지 않고는 가방에서 책을 꺼냈다. 그 모습에 짝은 약간 시무룩한 모습이었다.

"이것은……."

수업이 시작되자 상두는 인상을 찌푸렸다. 아무렇지 않은 표정으로 있지만 그의 이마에서는 한줄기 땀방울이 흘러내렸다.

하나도 알 수가 없었다. 수업 내용이 하나도 이해가 되지 않았다. 글을 읽을 수는 있었지만 내용을 이해할 수가 없었다. 상두의 뇌에 저장되어 있는 공부에 관한 부분이 많이 부족해 보였다.

'완전 바보 아니야.'

상두는—실은 상두의 영혼인 카논은 실망했다. 이 정도라면 학교에서 제대로 생활할 수 있을 리가 없었다.

수업하는 내내 칠판에 적힌 글들이 무엇을 뜻하는지 알 수가 없었다. 이대로라면 테스트가 있을 때 망신을 당하리라.

우려는 현실로 드러났다.

한 달이라는 공백이 있었다고는 하지만 쪽지시험에서 10점을 맞은 것이었다. 다른 사람들의 점수를 들어보니 못해도 평균 점수가 50점 이상이었다.

도대체 이 박상두라는 놈의 머리에는 무엇이 들었단 말인가. 지식이란 전혀 없는 머저리 같았다. 특히나 김동준이라는 녀석은 90점을 맞았다!

'오호라…… . 그랬단 말이지?'

승부욕이 발동했다.

김동준이라는 놈에게는 지고 싶지 않았던 것이다. 아니, 누구에게도 지고 싶지 않았다. 그는 그랬다. 언제나 최고를 갈망하는 피스트 마스터가 아니던가!

'훗……. 오늘부터 특훈이다.'

그는 공부를 열심히 하기로 다짐했다. 누군가에게 지고는 절대 다리를 뻗고 못살 것 같았다.

일단 김동준이라는 놈을 공부라는 것으로 눌러 버리고 싶었다. 뭔가 목적이 생기니 마음속에서 즐거움이 생겨나기도 했다.

휴일 오전 상두는 집에서 누워 있었다.

어머니를 도우려는데 기말고사 기간이라고 공부를 하라고 먼저 나가셨다. 그는 어쩔 수 없이 공부를 하러 가야만 했다.

"잘된 것일지도."

아무래도 밀린 공부를 하는 편이 그에게는 더 이익일 것이다. 김동준의 비웃는 얼굴이 아른거려 참을 수가 없었다. 그 놈의 콧대를 눌러 버리고만 싶었다. 아니, 눌러 버리고 말 것이다.

그는 벌떡 일어나 가방을 정리했다.

이대로 집에서는 공부가 잘될 것 같지가 않았다. 어딘가 집중이 잘될 공간을 찾아야만 했다. 다행히도 머릿속에서 정보는 있었다.

이곳의 학생들은 도서관이라는 곳에서 공부를 한다고 한다. 공부를 하지 않는 놈이라지만 도서관은 알고 있는 것 같왔다.

집을 나선 그가 가방을 들고 도서관 근처에 도착했다.

"오호라……."

시험 기간이다 보니 학교 친구들이 간간이 보였다. 모두 범생이라는 표현으로 불리는 인물들이었다. 그들은 상두가 도서관에 모습을 나타내자 의아했다.

사실 상두는 공부하고는 담을 쌓은 놈이었다. 그림을 그린다면서 항상 만화를 긁적이는 놈이었다.

김동준에게 괴롭힘을 당하며 그에게 야한 만화를 그려다 바치기도 했고, 다른 아이들에게 팔기도 했다. 그것으로 용돈을 충당한 것이다.

그래서 여자아이들 사이에도 평판이 그리 좋지 않았다. 게다가 외모도 깡말라 말 그대로 '비호감' 이었다.

모두 수군거리는 소리가 들려왔지만 상두는 무시하고 사뿐히 도서관에 들어가 공부를 시작했다.

칸칸이 나뉘어 있는 책상 앞에 앉으니 집중이 잘되었다. 책도 자세히 살펴보니 그리 어렵지도 않았다.

사실 그는 이전 세계에서 스승이 내려준 난해한 서적을 공부하며 격투를 익혔다. 이런 서적을 이해하는 것쯤은 사실 식은 죽 먹기였다.

오랜만에 책을 읽다 보니 재미도 쏠쏠했고 시간도 상당히 빨리 지나가는 것 같았다.

공부를 한 지 한 서너 시간이 지났을 쯤이었다. 이제 범생이라고 하는 자들도 슬슬 몸이 꼬이는 시간이었다.

"흐음……."

그도 이제 기지개를 켰다.

공부가 지루해서가 아니었다. 배가 고파 온 것이었다. 그는 주린 배를 만지작거렸다. 하지만 주머니에는 돈이 없었다.

"집으로 돌아가야 하나?"

돈을 가지고 오지 않았기 때문에 밥을 먹으려면 집으로 향해야 했다. 뭐 이런 일 정도로 기분이 나빠지는 것은 아니었지만 집으로 돌아가는 게 귀찮게 느껴졌다.

"아……. 집에 가면 다시 나오기 귀찮을 것 같은데……."

그가 고민하는 사이에 그의 눈앞에 빵과 우유가 나타났다. 초콜렛 소보루빵과 바나나맛 우유였다.

"야, 박상두."

"아……. 너는?"

빵을 내민 사람은 바로 상두의 짝이었다.

"무슨 일이지?"

그가 무뚝뚝하게 물었다. 지금까지 이곳에서 그에게 호의를 베푸는 사람은 없었다. 그 호의가 조금 생경할 수가 있었다.

"무슨 일은 무슨 일?"

짝은 입술을 뾰로통하게 내민다. 안경을 쓰고 있는 그녀는 꾸미지 않아 예뻐 보이지 않았지만 그래도 그 모습이 생각보다 귀여웠다. 하지만 지금 상두는 그런 것을 신경 쓸 겨를이 있는 사람이 아니었다.

"손목 아파. 빨리 받어."

그녀는 상두에게 억지로 빵을 내밀었다. 그는 의아한 듯 고개를 절레절레 흔들었다. 상두는 왕따가 아니었던가. 아무도 그에게 관심을 두지 않는데 그녀는 조금은 달랐다.

"왜 나에게 잘해주지?"

궁금했다.

배타적인 사람들 사이에서 왜 그녀만이 이렇게 상두에게 친절할까? 그의 물음에 그녀는 고개를 씁쓸하게 웃음을 보였다.

"나도 왕따니까……."

왕따라는 말에 상두는 잠시 눈살을 찌푸렸다.

집단 따돌림…….

상두를 절벽으로 밀어버린 바로 그 왕따. 상두는 확인하고 싶은 마음에 다시 물었다.

"너도?"

"기억나지 않는 거야? 너도 나도 왕따니까……. 그래서 같이 짝이 된 거야……. 다들 짝이 되기 싫다고 해서…….”

쓸쓸하게 웃는 모습에 그는 고개를 절레절레 흔들었다.

도대체 세상이 어떻게 되어가는 것인가? 사람이 왜 사람을 멸시하고 힐난하는가. 사람과 사람이 서로 화합하지 않으면 그 사회는 오래갈 수가 없다.

그는 답답한 듯 한숨이 나왔다.

“그럼… 갈게……. 옛날하고 많이 달라졌구나, 너…….”

상두의 달라지는 모습을 그녀도 알아버린 것이다. 그 모습이 또 그녀는 익숙하지 않은 것 같았다. 그녀는 다시 조심스럽게 발길을 돌리려고 하는데.

“같이 공부하지 않겠나? 혼자 하니까 이해되지 않는 부분이 있어서 말이야.”

그의 말에 그녀는 쭈뼛거렸다. 섣불리 같이할 수 없는 이유가 있는 것 같았다.

“같이 있으면 또 놀림받을 텐데?”

역시 놀림받는 것 때문이었다. 하지만 상두는 그런 것 따위는 신경 쓰고 싶지 않았다.

“그게 무슨 상관인가. 너와 나는 친구가 아닌가?”

친구라는 말에 잠시 그녀의 눈시울이 붉어졌다.

“그 말……. 참 오랜만이야.”

그녀는 그렇게 눈물을 보일 듯 말 듯 웃음 지었다. 상두는 그 모습에 멋쩍게 물었다.

"그나저나 너의 이름은 무엇인가?"

이름을 묻는 물음에 그녀는 잠시 의아했다.

짝의 이름을 모른다니…….

하지만 상두는 한 달 동안 행방불명이 되었었다. 그동안 뇌를 다쳐서 기억이 온전치 않을 수 있다. 그녀는 웃으면서 손을 내밀었다.

"내 이름은 박수민이야."

상두는 잠시 머뭇거렸다. 손을 내미는 것이 무슨 의미인지 알 수가 없었던 것이다. 그가 살던 세계는 악수라는 것이 없었다.

"손 좀 잡지 그래? 아까부터 손부끄럽게 왜 그러니?"

"아, 미안……."

상두는 그녀의 손을 어색하게 잡았다.

그들은 그렇게 즐겁게 이야기를 나누며 공부를 했다. 아주 즐거운 한때를 보내고 있었지만 그 모습을 모두 곱게 보지 않았다.

같은 반 친구들에게는 지금 그들의 모습은 마치 바퀴벌레 두 마리가 한 쌍을 이룬 것으로 보이기 때문이었다. 그렇게 생각하는 것은 자유다.

하지만 입 밖으로 낸다면 그건 문제가 된다.

"잘 어울리는 바퀴벌레 한 쌍이네."

수민의 얼굴이 굳었다. 상두가 몸을 움찔하며 일어나려 했지만 수민이 말렸다. 그녀의 얼굴을 봐서 상두는 참아냈다. 하지만 그의 인내심을 자극하는 언사가 다시 들려왔다.

"병신들이 아주 그냥 잘 어울려."

다시금 들리는 말에 상두가 벌떡 일어났다. 이제는 수민이 말려도 참을 수가 없었다.

"어느 놈이냐!"

그는 쩌렁쩌렁한 소리로 외쳤다. 순간 도서관이 정적에 휩싸였다. 모든 사람들의 시선이 그에게 고정되었다. 하지만 상두는 신경 쓰지 않고 다시금 외쳤다.

"어느 놈이냐니까!"

그의 외침에 아무도 대답하지 않았다. 아니, 못한 것이다. 뒤에서 쑥덕거릴 수는 있지만 일어서 대놓고 말할 용기가 있는 사람은 없었던 것이다.

"비겁한 놈들⋯⋯."

상두는 그렇게 제대로 말할 용기도 없는 사람들의 모습이 무척이나 경멸스럽게 느껴졌다.

"뒤에서나 수군거리다니, 앞에서 당당히 말할 용자는 없는 것이냐!"

다시금은 쩌렁쩌렁 울리는 울림에 도서관 사서들이 나타

났다.

"학생, 이런 곳에서 떠들면 어떻게 하나?"

사서는 그를 끌어내려 했다. 하지만 그는 곱게 끌려 나갈 사람이 아니었다.

"이따위 용기도 없는 자들하고는 나 역시 같이 있고 싶지 않소."

그는 경비를 뿌리치고 가방을 대충 챙겨 나갔다. 그러자 수민도 그를 따라 나갔다. 그 모습에도 쑥덕거리는 사람들이 있었다.

"카악! 퉤!"

밖으로 나온 상두는 가래침을 뱉었다. 더러운 욕설을 내뱉을 수 없으니 침을 뱉는 것으로 참아내는 것이었다.

"용기도 없는 머저리들."

그는 다시금 침을 뱉었다. 저런 작자들과 더 이상 같은 자리에 있고 싶지 않았다.

뒤따라 나온 수민이 쭈뼛거렸다. 아무래도 화가 난 것 같은 상두의 모습에 겁이 난 것이었다. 그녀는 이 모든 상황이 자신 때문에 벌어진 것만 같았다.

"미안해……. 나 때문에……."

수민의 말에 상두는 고개를 가로저었다.

"네가 무슨 잘못인가. 사람들을 따돌리고 힐난하는 저 머저리들이 잘못이지."

사실 그녀가 무슨 잘못인가? 사람을 따돌리는 작자들이 문제지.

"어쨌든 고마워, 상두야."

그녀는 배시시 웃는다.

"그럼 난 이만 가볼게."

그녀 역시 기분이 많이 상한 것이다. 이곳에서 더 이상 있고 싶지 않아 보였다.

"또 그놈들이 괴롭힐지도 모르니 집까지 데려다 주겠다."

상두의 말에 그녀의 눈빛이 빛났다. 감동을 받은 것이었다. 지금까지 어느 누구도 그녀에게 이렇게 호의를 베푼 사람이 없었다.

"그래, 고마워."

수민은 또다시 배시시 웃는다. 하지만 상두는 그녀의 그런 모습을 신경 쓰지 않았다.

"앞장서."

"응."

두 사람은 나란히 걸어 나갔다.

어느 정도 걸어가니 수민의 집에 도착했다.

"오호…… 집안이 꽤 유복한가 보군."

집이 굉장히 좋았다.

상두의 집보다 열 배는 넓어 보였고, 사용한 건축자재도 엄청나게 고급이었다. 이런 집에서 사는 아이가 왜 왕따를 당하는 것일까.

이곳 사람들은 돈이 많은 자라면 무조건 적으로 좋아하는 것 아니었던가?

"오늘 고마웠어."

"내가 더 고맙다. 덕분에 성적이 더 좋아질 것 같다."

그가 딱딱하게 말하자 그녀는 웃음을 머금었다.

"너 말투 참 이상해졌어."

"듣기 괴로운가?"

"아니……. 그냥 재밌어. 그럼 잘 가."

그녀는 그렇게 말하고 집 안으로 들어갔다. 상두는 집 안을 다시금 스윽 훑어보고는 그의 집으로 걸어갔다.

*   *   *

학교에 등교했을 때 칠판은 낙서로 어지러웠다.

'상두하고 수민은 같이 잤다.'
'바퀴벌레 두 마리.'

어제 있었던 일들이 오히려 역효과가 나서 더욱더 왕따 만들기에 불을 지핀 것이었다.

상두는 저벅저벅 칠판으로 다가가 낙서들을 벅벅 지웠다. 그렇게 지우는 동안에도 그의 등 뒤로 싸늘한 시선들이 느껴졌다.

'항상 이런 시선을 견디고 있었던 것인가?'

상두라는 소년이 왜 죽고 싶었는지 상두 안에 있는 카논은 느낄 수가 있었다. 매일 이렇게 싸늘한 시선을 마주한다면 누구라도 살기가 힘들 것이다.

하지만 이런 시선 따위는 적진에 홀로 서 있던 카논의 과거에 비할 바가 아니었다. 그는 당당하게 칠판 지우개를 창밖에서 탁탁 털고 자신의 자리로 향했다.

수민은 고개를 떨구고 어깨를 가늘게 떨며 무언가를 치우고 있었다. 책상 위의 음식물 쓰레기였다. 그녀의 책상뿐만이 아니었다.

상두의 책상 역시 음식물 쓰레기로 뒤덮여 있었다.

상두는 그것을 한참을 바라보았다.

"후우……."

한숨을 내쉬던 상두는 갑자기 음식물 쓰레기를 들었다. 그리고는 책상 반 학생들 책상에 바르기 시작했다. 모두 의아해하다가 뒤늦게 그에게 항의하려 했지만 상두의 살벌한 눈빛에 아무런 말을 못하고 있었다.

그렇게 하나씩 바르던 상두는 동준 앞에 멈춰 섰다. 동준은 그를 비웃었다.

"후후……. 그렇게 허세질 하더니 내 앞에선 쫄았어……!"

동준의 얼굴로 음식물 쓰레기가 날아왔다.

"아… 씹……! 이 개새끼가!"

그는 벌떡 일어났다. 그에게 달려들려 했지만, 때마침 담임이 들어왔다.

온반을 진동하는 음식물 쓰레기 냄새, 그리고 책상 천지에 묻어 있는 음식물 쓰레기…….

"아니, 이게 뭐야!"

하나같이 학생들은 침묵했다. 본인들이 저지른 일이니 섣불리 대답할 수가 없었다.

"누가 이랬어!"

담임의 물음에 동준이 입을 열었다.

"박상두요."

그의 말에 담임은 인상을 찌푸렸다. 내성적인 녀석이긴 하지만 한 번도 이런 사건을 일으킨 적이 없는 상두였기 때문이었다.

"정말 박상두가 그랬어?"

담임의 물음에 학생들은 침묵했다.

이것은 긍정의 침묵.

지금의 사태를 피해보고자 하는 노력일 뿐이었다.

"박상두 따라와. 나머지 녀석들은 책상 깨끗하게 치워놓고."

담임은 조회도 하지 않고 상두를 끌고 교무실로 향했다.

상두는 교무실에서 한참을 담임의 설교를 들어야 했다. 그러는 내내 흐트러짐이 없었고 상두는 고요했다. 이 사건에 긍정도 부정도 하지 않았다.

한참을 설교한 담임은 상두를 다시 교실로 보내주었다.

그렇게 지루한 수업이 이어졌다. 하지만 상두는 누구보다 열심히 수업을 들었다.

이번 기말고사에는 동준이라는 녀석을 이겨야 하기 때문이었다. 상두의 행동으로 반 분위기가 싸해졌기 때문에 공부하기엔 아주 좋은 분위기였다.

그 모습을 동준이 유심히 쳐다보았다. 무언가 일을 꾸미려는 처사 같았다.

수업은 상두의 기준에서 엄청나게 빠르게 진행되었다. 그만큼 수업에 몰입한 것이다. 이제 막 이곳 학문에 눈을 뜬 상두에게 수업은 재미있고 유익한 것이었다.

시간이 흘러 야간자율학습이 끝났다.

"왜 야간자율학습이지……."

상두는 끝나고 집으로 돌아가는 길에 이상한 생각이 들었다. 학교에 강제적으로 돈을 내고 받는 수업이 왜 자율학습인가? 도무지 이해가 되지 않았지만 그렇게 부르기 때문에 상두도 그렇게 부를 수밖에 없었다.

전화벨이 울린다.

상두는 전화를 꺼냈다. 모두가 스마트폰을 쓰고 있는 가운데 그는 아직도 구식 폴더폰을 쓰고 있었다.

"이걸 이렇게 열고……. 이렇게……."

분명히 정보는 있었지만 그것을 받아들이기는 무척이나 힘이 들었던 것이다. 기계라는 것은 언제나 참 힘든 존재였다.

"여, 여보세요."

그는 어렵사리 전화를 받았다.

─여어, 박상두. 집에 가는 모양이군.

그 뒤에 들리는 목소리는 아주 익숙한 목소리였다.

그것은 바로 동준의 목소리.

"무슨 일이냐. 용건만 간단히 말해라."

상두는 싸늘했다. 그와 이렇게 살갑게 통화하고 싶은 생각은 들지 않았다.

─어이구, 무서워라. 그럼 빨리 말해야겠네. 네놈 친구 있지?

"친구?"

─그 수민이라는 왕따년 말이야. 내가 데리고 있어. 빨리 와서 무릎을 꿇지 않으면 무사하지 못할 거야.

상두의 표정이 굳었다.

수민을 납치한 것이다. 동준이라는 이놈은 분명히 몹쓸 짓을 하고도 남을 놈이다. 그 역시 절벽에서 밀어 넣었지 않은가. 이렇게 사람의 목숨을 함부로 여겨도 될 정도로 이곳의 법체계는 바닥이란 말인가?

"어디냐."

상두의 표정이 분노로 이글거렸다.

─여기? 학교 뒤에 공사장. 빨리 와서 나에게 무릎 꿇고 사과하면 이 왕따년을 풀어주지.

"거기서 기다려라. 오늘은 네놈의 제삿날이 될 것이다."

상두는 전화를 일방적으로 끊고 다시 발길을 돌렸다.

CHAPTER **04**
복수하다

공사장 앞.

　이 공사장 부지는 원룸 건물이었는데 건물주가 부도가 나서 완전히 만들지 못한 상태였다. 덕분에 학생들의 비행 장소로 많이 사용되는 곳이기도 했다.

　아이들이 비행을 저지르는 장소이다 보니 이 장소를 폐쇄해 달라는 민원이 끊이지 않았다. 하지만 이상하게도 그 민원은 받아들여지지 않았다.

　아이들 사이에서는 김동준의 아버지 입김 때문이라는 소문만 돌 뿐이었다.

"여기가 분명하겠지."

상두의 표정은 분노로 가득 찼다.

"빌어먹을 놈들, 여자를 인질로 삼다니……."

그의 경험상 인질을 삼는 놈들치고 제대로 된 놈들은 없었다. 특히 여자를 인질로 삼는 놈은 최악 중의 최악이다. 김동준이라는 소년은 어린 시절부터 뼛속까지 썩어버린 것 같았다.

"내가 그 썩어버린 심성을 고쳐 주지."

1층에 들어섰지만 아무도 없었다.

상두는 이곳이 맞는 것인가 다시금 생각했다. 분명히 이 공사장으로 오라고 했다. 어쩌면 그를 놀리기 위해 장난친 것일 수도 있을 것이다. 오히려 장난이었으면 하는 생각도 들었다.

하지만…….

그의 바람은 바람일 뿐.

"위쪽이로군."

위쪽에서 아이들 여럿이 어울려서 떠드는 소리가 들려왔다. 상두는 천천히 계단을 타고 올라갔다. 2층에는 역시나 아이들이 몰려 있었다.

2층은 짓다 만 건물인데도 아주 깨끗이 잘 꾸며져 있었다. 이곳에서 술에 쩌든 아이도 있었고, 남녀가 뒤엉킨 경우도 있었다.

이른바 노는 애들.

하지만 그들 중에는 반에서 공부를 좀 한다 하는 아이들도 왕왕 보였다. 입시의 스트레스를 이렇게 풀려고 하는 것 같기도 했다.

"오오……. 왔냐, 박상두?"

혀가 약간 꼬여 있는 것이 동준 역시 약간 술에 취해 있었다. 그의 손에는 칼이 들려 있었고 그 칼은 수민의 목을 들이대고 있었다.

"찌를 거냐?"

상두의 차가운 물음에 동준은 히죽거리며 고개를 끄덕였다.

"너 이 자식……. 어디까지 썩은 거냐?"

상두의 물음에 그는 낄낄거리고 웃으며 대답했다.

"시끄러워."

그는 주변의 힘 깨나 쓴다는 아이들에게 눈짓했다.

"조져 버려."

그들은 고개를 끄덕이며 앞으로 나왔다. 관절로 우두둑거리는 소리를 내며 상두 앞에 섰을 때!

퍼벅!

퍼벅!

단 두 방의 주먹질 소리와 함께 덩치 큰 두 놈이 쓰러졌다.

그 모습에 동준은 당황했다. 이 지역에서도 손꼽히는 싸움꾼들인데 이렇게 쉽게 당하다니……

"가서 처리해."

동준은 오른팔 준현에게 명령을 내렸다. 명령을 내리는 동준의 눈가에 두려움이 드리웠다. 그런데 명령을 받은 준현은 오죽할까?

준현은 상두의 앞에서 무릎을 꿇었다.

"미안하다. 용서해 다오."

하지만 상두는 용서할 생각이 없었다.

"권력의 뒤에 숨어서 만끽한 놈이 더 나빠!"

상두는 그의 턱을 발로 걷어찼다. 그대로 덩치 큰 준현은 그대로 정신을 잃었다. 준현이 쓰러지자 사방에서 비행을 저지르던 아이들도 슬금슬금 눈치를 보기 시작했다.

"꺼져라!"

상두의 외침에 모두 혼비백산하며 자리를 피했다.

준현을 쓰러뜨린 상두는 천천히 동준에게로 다가갔다. 그가 다가옴에 따라 동준의 치아가 다닥다닥 부딪쳤다. 두려움이 몰려온 것이다. 술이 확 깨는 것 같은 느낌이 든 것이다.

"가까이 다가오지 마! 다가오면 찔러 버릴 거야."

동준은 수민의 목에 더욱더 칼을 들이댔다.

"아주 치졸의 끝을 보여주는구나."

상두가 차갑게 말을 내뱉자 동준은 악에 받친 듯 읊조렸다.

"씨발……. 내가 못 찌를 거 같아?"

"한번 해봐라. 네놈의 눈빛은 사람을 죽일 배짱이 있는 사람의 눈빛이 아니야."

상두의 눈초리가 싸늘해졌다.

싸늘하다 못해 시리다. 시리다 못해 아리다. 동준은 온몸이 얼어붙는 것만 같았다.

"사람을 죽여 봤나? 사람의 뼈가 부서지는 소리를 들어봤나? 살이 찢기는 소리는? 짓이겨지는 소리는? 그런 소리를 들어본 사람이 아니면 사람을 함부로 죽이지 못하지."

"가, 가까이 오지 말라고!!"

동준은 더욱더 목에 칼을 가까이 가져가며 위협했다. 하지만 그 위협이 상두에게 통할 리가 없었다.

"죽여 보아라."

"죽인다."

동준 역시 지지 않고 읊조렸다. 하지만 손은 부들부들 떨렸다.

"죽일 테면 죽여 봐라!!"

상두의 커다란 외침.

사방이 정적에 휩싸였다. 동준은 공포로 몸이 굳어 움직일 수가 없었다. 하지만 이내 고개를 절레절레 흔들고 외쳤다.

"나쁜 새끼……. 넌 그때 죽었어야 했어!!"

동준은 이제 칼을 들고 상두를 향해 달려들었다. 정면으로 뻗은 칼은 상두를 향했다. 하지만 상두는 슬쩍 피했고 동준은 그대로 넘어질 수밖에 없었다. 두려움에 휩싸인 자의 공격에 당할 상두가 아니었다.

"쓰레기 같은 놈……."

상두의 이죽거림.

동준의 어깨가 들썩거렸다. 눈물을 흘리고 있었던 것이다.

한참을 자기의 밑이라고 생각했던 상두였다. 하지만 지금 은 자신보다 몇 배는 더 강한 모습이었다.

"빌어먹을 새끼……. 죽어버려, 너 같은 놈은!"

"아직도 정신을 못 차렸군."

상두는 그를 마구 두들겨 패기 시작했다. 있는 힘껏 때린다 면 그는 죽을 수 있었다. 힘을 제대로 주지 않고 때리는 것은 생각보다 쉽지가 않았다.

"그만… 그만……. 내가 미안해. 미안하다고……."

그는 입에 고인 피를 뱉으며 말했다. 상두는 구타를 멈추었 다.

"미안하다는 말은 나에게 하지 않아도 된다. 저 아이에게 해라."

수민을 가리키는 상두의 말에 그는 머뭇거렸다.

"씨발……. 미안하다고 했잖아. 그거면 됐잖아!"

"네놈은 사과라는 것을 모르는 거 같구나."

상두는 그의 목덜미를 잡고 질질 끌고 건물의 옥상으로 올라갔다.

"씨, 씨발! 뭐하려는 거야!!"

"자신의 잘못을 뉘우치지 못하는 인간은 절대로 살아갈 가치가 없다."

상두는 그를 들어 올려 난간 밖으로 내놓았다. 손을 놓으면 그대로 떨어져 죽을 것이다.

"이, 이게 무슨 짓이야!"

"말 그대로다. 네놈은 살아갈 가치가 없다."

"하지 마! 하지 말라고!!"

"네놈이 나를 밀 때도 그런 말을 들었었지?"

상두의 눈은 진실했다. 정말로 떨어뜨릴 것만 같았다. 아니, 떨어뜨릴 것이다.

"씨발! 놔! 놓으라고!"

동준은 몸부림쳤다. 살아남기 위한 몸부림이었다. 겁에 잔뜩 질려 오줌도 지렸다. 인간으로서, 남자로서 최악의 모습을 보였다.

"미안해……. 정말 미안해……."

그는 눈물을 흘렸다.

진심인지 아닌지는 모르겠지만, 지금은 악에 받치지도 않았다. 이 정도라면 그의 자존심이 완전히 상해 있을 것이다. 더 이상 일어서지 않을 만큼.

상두는 이제 되었다는 듯 그를 다시 옥상 안쪽으로 집어 던졌다.

"사람이 사람을 괴롭히면 그건 사람이 아니다."

"씨… 씨발……."

동준은 드러누워 계속해서 눈물을 흘리고 있었다. 이 정도면 다시는 일어서지 못할 감정의 타격을 입었을 것이다. 상두는 그런 그를 버려두고 수민과 함께 집으로 돌아갔다.

* * *

다음 날.

인의 고등학교 2학년 4반의 분위기는 찬물을 끼얹은 듯 조용하다. 어젯밤 김동준이 박상두에게 당한 이야기가 어떻게 된 것인지 소문이 퍼진 것이다. 그 증거로 김동준은 결석 중이다.

모두 떨고 있었다. 김동준이 타깃이 되어 당하고 말았다. 아무리 그가 주도한 일이라고는 하지만 모두 동조하고 있었던 것이 사실이다. 김동준 정도는 아니래도 분명히 보복당할 것이다.

교실 문이 열리고 박상두가 등교했다.

모두 그의 눈을 피했다. 눈을 마주치면 보복을 당할까 두려운 탓이었다. 하지만 상두는 아무렇지 않은 듯 자리에 앉았다.

모두 가슴을 쓸어내렸다. 오늘은 그냥 넘어가니 다행이라고들 생각한 것이다. 하지만 안심할 수는 없었다. 언제 그런 일이 생길지 모르니 말이다.

상두의 모습을 바라보며 수민이 웃음을 보였다.

"많이 달라졌구나."

상두가 자리에 앉자 수민은 그렇게 읊조렸다.

"무엇이 말이냐?"

상두의 말에 '풋' 하고 웃었지만, 이윽고 웃음기가 가신 뒤에 나타난 수민의 표정은 그리 좋은 표정은 아니었다.

"너랑 나⋯⋯. 이제 다른 세계 사람 같아. 나 같이 못 생기고 생기도 없는 애는 너하고 짝이 될 수도 없겠어. 아니⋯⋯. 나 같은 것은 필요도 없겠지⋯⋯."

상두는 이제 왕따나 당하는 본인과 다른 모습이었다. 이제 범접하기 힘든 사람처럼 느껴졌다. 그것이 웬일인지 그녀는 안타깝고 서글펐다.

"왜 그렇게 자신이 없는 거냐."

상두는 책상을 탁하고 치며 말했다. 그의 얼굴은 약간 화가 난 듯 상기되어 있었다.

"따돌림을 시키는 가해자들도 나쁘지만, 따돌림당한다고 의기소침해 있는 것도 나쁘다."

상두의 현실을 꼬집은 말에 수민의 눈시울이 붉어졌다.

그는 울먹이는 수민의 얼굴을 가리고 있는 커다란 안경을 벗겼다. 수민은 놀란 듯 안경을 빼앗으려 했다.

"줘!"

하지만 상두는 쉽사리 주지 않았다. 그리고 주변의 학우들에게 외쳤다.

"자, 여기들 봐. 이 모습이 못생겼는가?"

시선이 쏠렸다.

안경을 벗긴 수민의 얼굴은 놀라울 정도로 예뻤다. 안경 하나 벗었을 뿐인데 완전히 다른 사람 같았다. 남자들의 시선이 달라졌다.

"왜 이래… 안경 다시 내놔……!"

수민은 상두에게서 빠르게 안경을 빼앗아 다시 썼다. 부끄러운 듯 얼굴이 붉게 상기되어 있었다.

"수민… 너는 네가 생각하는 것보다 더 아름답고 예쁘다. 그러니까 자신감을 가져라. 세상에 필요 없는 사람은 없다.

누구든지 필요하기 때문에 이 세상에 태어난 거다."

수민의 얼굴은 붉어졌다. 남자아이들의 시선을 받는 것도 그렇지만, 상두의 모습이 너무도 멋져 보였기 때문이다. 상두를 바라보는 눈빛이 더 애틋해졌다.

물론 아이들이 상두를 바라보는 시선들도 달라졌다. 예전에 그를 바라보던 그런 시선들이 아니었다. 물론 호감의 눈빛은 아니었지만, 그렇다고 경멸의 눈빛은 아니었다.

오늘은 학교 사정상 수업이 일찍 끝났다.

도민체전인가 뭔가를 하는 모양이었는데 아이들에게 그런 것 따위는 중요하지 않았다. 오늘은 일찍 하교할 수 있다는 것이 중요했다.

몇몇 아이가 상두에게 게임방에 가자고 유혹했지만 상두는 거절했다. 그는 집으로 돌아가 수련에 정진할 생각이었다.

이곳에 오고 공부만 하느라 너무 수련을 게을리한 느낌이었다. 예전 수준만큼은 아니더라도 이 육체를 완전한 형태로 만들 때까지는 계속해서 수련할 생각이었다.

"여보세요."

동준의 눈빛이 심상치 않았다. 휴대전화로 누군가에게 전화를 거는 눈빛이 번뜩였다. 상두를 바라보는 듯했다. 하지만 상두는 신경 쓰지 않았다.

어차피 지난 밤 혼쭐을 내준 터라 감정에 앙금이 남아서 저러는 것일 테다. 하지만 그것은 동준을 너무 물렁하게 본 것이다.

"오늘은 무슨 수련을 해야 하려나."

상두는 집으로 걸어가는 길이었다. 수련을 어떻게 할지 일정을 고민하던 차였다.

발걸음이 가볍다.

일찍 마치고 집으로 돌아가는 길이라 그런 것이다. 그 역시 조금씩 학업에 찌든 학생이 된 느낌이었다. 그가 살던 세계에서는 이렇게 학교라는 공간이 없어서 처음에는 신기했지만, 날이 갈수록 지치는 것도 사실이었다.

이런 짬이라도 나지 않았더라면 그는 말 그대로 지쳤을 것이다.

"내가 좌식 명상을 하지 않았더라면……."

끔찍했다.

좌식으로 명상을 하다 보니 한 자세로 오랫동안 앉아서 견딜 수가 있었다. 만약 그런 훈련이 없었더라면 절대 버틸 수 없을 것이다.

"훈련도 없이 버티는 것 보면 용하군."

이 땅의 학생들 참 대단했다. 학생뿐만이 아니었다. 지금

시각에도 불 켜진 사무실이 많았다. 아직까지 근무를 하고 있다니……

자원도 없고 힘도 없는 이 나라가 이만큼 성장한 동력원은 이 근면성과 끈질김일 것이다.

그렇게 생각에 잠겨 나아가던 그의 앞을 누군가가 막아섰다.

"누구냐?"

상두의 앞을 가로막은 사람들은 검은 양복을 차려입은 사람들이었다.

"누구냐?"

다시금 물었지만 그들은 대답하지 않았다. 그저 상두의 어깨를 잡을 뿐이었다.

"이거 봐라."

상두는 나지막이 읊조렸다. 하지만 그들은 쉽게 놓아줄 생각을 하지 않고 우악스럽게 그의 어깨를 눌렀다.

"조용히 따라오는 것이 좋을 거야."

검은 양복의 사내 중 하나가 읊조리자 상두는 훗 하는 웃음을 보였다.

"이 손을 놓는 것이 당신들에게 좋을 것이다."

상두의 엄포.

하지만 그들은 웃어넘길 뿐.

"후회하지 마라!"

순식간이었다.

두 사람의 덩치 큰 사람을 그대로 넘어뜨렸다. 그들은 놀란 듯 눈을 크게 떴다. 여리여리한 청소년에게 제압당했으니 놀랄 만도 했다.

"다시 한 번 덤벼들 테냐?"

상두의 근엄한 물음에 그들은 고개를 끄덕였다.

"네 녀석을 데려오라는 명령을 지켜야 하니까."

그들이 일어서 다시 제압할 자세를 취했다.

"그만하지. 내가 따라가겠다. 어차피 오늘 당신들을 다 제압한다고 해도 내일 다시 돌아오겠지. 그렇다면 귀찮아진다. 당신들의 주인에게로 안내해라."

상두의 말에 모두 의아한 듯 그를 바라보았다. 하지만 제 발로 간다고 하니 그들에게는 오히려 좋은 일이었다.

그들은 상두를 검은 세단에 태웠다. 그들과 함께 동행하면서도 상두는 목적지가 어디인지 물어보지도 않았다. 보통의 이맘때 소년들이라면 궁금해서라도 물을 테지만 그의 행동은 의연했다. 그 모습이 이들에게는 이채롭게 다가왔다.

세단이 도착한 곳은 시 외곽의 한적한 들판이었다. 주변으로는 인가도 없었고 논밭밖에 없었다.

"이곳이다."

검은 양복의 사내 중 하나가 상두에 말하며 문을 열어주었다. 밖으로 나가니 12월의 차가운 바람이 몸을 에인다.

그의 눈에 들어온 사람은 정갈한 양복을 입고, 머리를 단정하게 한 머리가 희끗희끗한 사내였다. 담배를 물고 있는 모습이 매우 멋스러워 보였다.

"의원님 박상두 군을 데리고 왔습니다."

검은 양복 사내의 보고에 의원이라고 불린 남자는 담배를 땅에 던지고 비벼 껐다.

"자네가 상두인가?"

그의 옷깃에는 금배지가 달려 있었다. 이 세계에서 저런 배지를 달 수 있는 직업은 하나뿐이었다.

그것은 바로 국회의원이었다.

"당신은 누구시오."

"서울에서 이곳까지 부랴부랴 왔더니 꼬마 놈이 건방지게 말하는군."

의원은 씁쓸하게 웃음을 보이며 말을 이었다.

"나는 김동준이 애비되는 사람일세."

상두의 눈이 파르르 떨렸다. 김동준이 그에게 복수하기 위해서 아버지까지 동원한 것이다.

"나를 죽이기라도 하러 온 거요?"

상두의 물음에 의원은 너털웃음을 보였다.

"하하하! 국가의 녹을 먹는 국회의원이 고작 청소년을 죽이러 이곳까지 왔겠는가? 국정을 운영하기에도 바쁜데."

"뉴스를 보니 하는 일이라곤 싸우는 것뿐인데 바쁘기는 한거요?"

상두의 말에 의원은 다시금 크게 웃었다.

"하하하! 한 방 먹었군그래. 눈으로 보이는 것이 전부는 아니라네. 아무튼 바쁜 것도 사실이야."

"나를 죽이러 온 것이 아니라면 용건이 뭐요?"

상두의 물음.

그의 물음에 의원은 잠시 웃음기를 감추었다.

"단도직입적으로 말하지. 잠시간 유학을 다녀오면 안 되겠는가?"

유학?

갑자기 무슨 말인지 알 수가 없었다.

"돈은 내가 전부 부담해 주겠네. 대학까지의 학비 생활비 모두 부담하지."

"내가 유학은 왜 가야 하는 거요?"

"후우……."

의원은 큰 한숨을 내쉬었다. 그의 얼굴에는 근심이 가득해 보였다.

"내가 제법 깨끗한 정치인으로 소문이 나 있지만… 자식

농사는 어렵더군. 자식 놈이 자네를 죽이라고 떼를 쓰더군. 아무리 국회의원이라고는 하지만 때가 어느 때인가? 대선도 가까운데 괜히 긁어 부스럼 만드는 일이지. 내 신념상 그럴 수도 없고 말일세. 그저 해외에서 조용히 지내지 않겠나? 자식놈에게는 죽었다고 말할 걸세."

권력을 지닌 자라고는 하지만 자식 농사는 똑같이 어려운 법. 상두의 얼굴에는 비웃음이 감돌았다. 왜 김동준이라는 녀석의 성격이 그 모양이 되었는지 알 수가 있을 듯했다.

"모두 당신 때문이군."

상두의 비웃음은 의원의 가슴에 박힌 듯 인상을 찌푸렸다. 그 역시 알고 있었다. 이렇게 자식의 모든 것을 들어주는 것이 자식을 망치는 일이라는 것을.

"자식은 돈으로 키우는 것이 아니오. 매 끝에 효자가 난다는 이 나라 속담도 있지 않소? 예쁜 자식일수록 훈육은 필요하오. 그런데도 당신은… 쯧쯧쯧."

갑자기 의원의 얼굴이 붉어졌다. 상두의 말이 모두 맞았다. 그렇기에 부끄러웠다. 저 청소년의 말에 너무도 부끄러워졌다.

"훗… 부끄럽군……."

그는 상두에게 부끄러움을 느꼈다. 이 어린 소년에게 말이다.

자식을 잘못 키운 아비가 무슨 할 말이 있을까. 그것을 이 소년이 깨닫게 해준 것이다. 그의 번듯한 생각과 행동에 자신의 아들을 비춰 본 것이다. 분명 자신이 아들을 잘못 키운 것이 맞았다.

　"자네 이름이 박상두라고 했던가?"

　"그렇소만."

　"대학을 졸업하게 되면 나를 찾게나. 아니, 대학갈 때쯤이라도 나를 찾게나. 내가 좀 도와줄 테니."

　뜻밖의 제안이었다. 그만큼 지금 의원은 상두를 높이 평가한 것이었다.

　"그런 것은 필요없소. 아들의 교육을 제대로 시키시오. 그게 당신을 위한 길이니까."

　상두는 그렇게 말하고 그의 어깨를 툭툭 치며 계단을 올랐다.

　"참 묘한 소년이네."

　의원은 미묘한 웃음을 보이며 읊조리며 고개를 절레절레 흔들었다.

　"아… 미안하오만, 내일 당신 아들을 좀 때려도 되겠소?"

　"교육 차원인가?"

　"그렇다면 그렇소."

　상두는 그렇게 말하고 밖으로 나갔다.

                    *   *   *

다음 날.

동준의 얼굴에는 웃음기가 감돌았다.

'오늘이면 그 빌어먹을 박상두 놈 얼굴을 보지 않아도 되겠군.'

그는 아버지에게 졸랐다. 아버지의 힘으로 상두라는 놈을 죽여 달라고 부탁했다. 아버지라면 분명히 할 수 있다고 믿었다.

하지만…….

그의 믿음은 산산이 부서졌다.

"어라?"

박상두가 등교했다.

너무 쉽게 생각했다. 그의 아버지의 위치로서 이런 지저분한 일은 더욱더 할 수 없다는 사실을 어린 동준은 잘 알 수가 없었던 것이다.

동준의 얼굴에는 마치 똥을 씹은 표정이 감돌았다.

"저, 저 새끼가 왜……!"

그는 당황한 듯 했지만 의연하고 당당한 미소를 보였다. 상두에게 자신의 속마음을 들키고 싶지는 않은 것 같았다.

상두는 그를 스쳐 지나갔다.

"이 새끼…… 너 왜 여기 있는 거야."

동준이 물었다.

"아… 네놈 아버지와 이야기를 좀 했다. 오늘 기대하고 있으라고. 네 아버지가 네놈을 흠씬 패도 좋다고 약속했거든. 점심시간에 학교 폐기물 창고 근처에서 보자."

"뭐, 뭐야!"

상두는 당황하는 그의 모습을 확인하고 자신의 자리로 돌아갔다. 동준의 그 안절부절못하고 미친 듯이 불안해하는 모습을 바라보며 고소한 웃음을 짓고는 수업 준비를 했다.

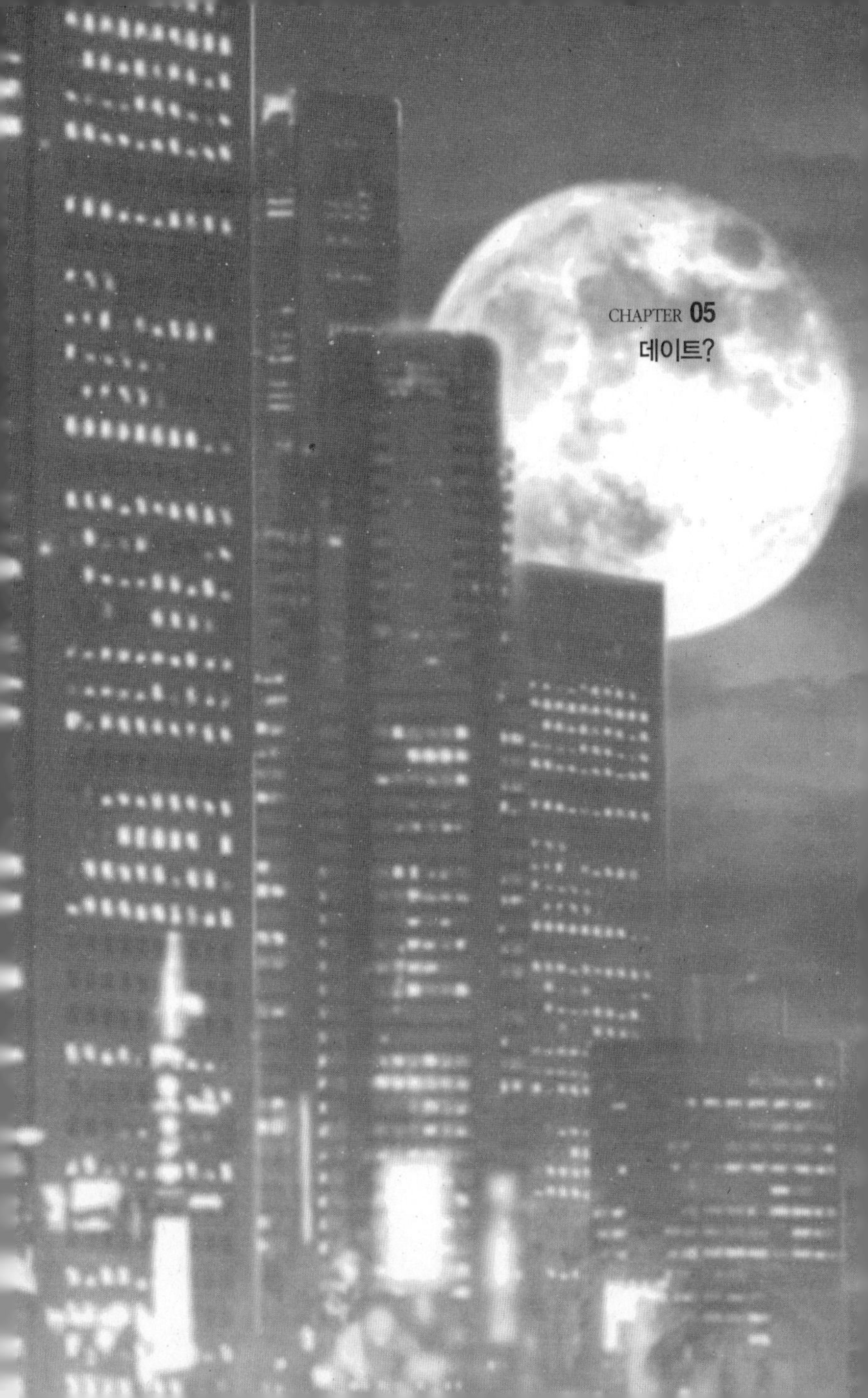

CHAPTER **05**

데이트?

상두는 미친 듯이 공부를 했다.

공부를 하다 보니 김동준을 이기는 것 따위는 중요하지 않았다. 이 세상을 살아가면 갈수록 공부가 중요하다는 생각이 들었던 것이다.

게다가 이 박상두라는 육체의 학습 수준은 생각보다 엄청나게 낮았다.

매일 밤낮을 공부했다. 코피가 터져 나왔지만 그래도 하루하루 지식이 습득되어 가는 과정이 무척이나 재미있었다.

"야, 너 대단하다……."

수민은 이렇게 열심히 공부하는 모습에 혀를 내둘렀다. 그녀도 악바리처럼 공부하는 사람인데도 상두의 모습에 감탄할 수밖에 없었다.

그렇게 열심히 공부하다 보니 학교에서 간단히 보는 쪽지 시험에서 제법 좋은 성적이 나오기 시작했다. 예전에는 한두 개 맞기도 힘들었지만 지금은 반 이상은 맞출 수 있었다.

그 모습에 학우들의 시선이 달라지고 있었다. 예전의 그 찌질하던 박상두가 아니었다.

몸매도 다부져졌고 자신감이 넘치다 보니 얼굴도 더 멋있어 보이기까지 했다. 성적도 오르는 것이 느껴지기에 그를 다르게 보는 아이들도 생기기 시작했다.

게다가 같이 왕따를 시키던 이들인데도 아무렇지 않게 받아주는 상두의 대범함에 감동을 받을 만한 모습이기도 했다.

그 모습을 김동준은 아주 고깝게 바라보고 있었다. 늘 왕따를 주도했지만 이젠 그럴 수가 없었다. 그의 학교에서의 행동들이 아버지의 귀에 들어갔고 불호령이 떨어진 것이었다.

상두는 그렇게 위축되어 있는 김동준을 보며 고소한 듯 웃음를 지어 보였다. 김동준은 그렇게 이를 빠득 갈 수밖에 없었다.

그렇게 기말고사가 다가왔다.

상두는 시험지를 앞에다 두고 눈을 감고는 큰 숨을 들이마셨다. 그리고 시험에 임하였다.

며칠이 지났다.

오늘은 기말고사 결과가 게시되는 날이었다. 학교에 들어선 상두는 계속해서 두근거리는 것을 참을 수가 없었다.

시험은 생각보다 난이도가 높았다. 분명 1등은 하지 못할 것이다.

'늘 최고가 모토인 나인데…….'

그 점이 아쉬웠다. 그래도 최선을 다했으니 제법 높은 점수를 기대할 수가 있었다.

"후우……."

큰 한숨을 내쉬었다.

"황제 앞에서도 이렇게 떨리지 않았는데……."

마스터의 칭호를 받기 위해 대륙의 황제 앞에 섰을 때도 그는 떨리지 않았다. 수천의 대군 앞에 홀로 섰을 때도 떨리지 않았다.

하지만 그는 지금 한낱 시험 결과 앞에서 떨고 있었다.

"나도 이곳 학생이 다 되었군……."

하루하루 지내다 보니 이곳 생활에 익숙해지고 또 만성이 되어 갔다. 그러다 보니 이런 것에도 힘들어 하는 것 같았다.

하지만 이런 삶도 나쁘지 않았다. 언제나 극도의 긴장 상태로 살면서 언제 공격당할지 모르는 삶보다는 나은 지도 모른다.

학급은 긴장감이 가득했다.

아이들 역시 상두처럼 모두 긴장하고 있었다. 평소에는 웃고 떠들며 친구로 지냈지만, 시험기간에는 서로 경쟁자일 수밖에 없었다.

공부가 전부인 아이들.

기말고사를 잘 봐야 내신이 오르니 당연할 것이다. 치열하게 눈치싸움이 펼쳐지는 정시보다야 상대적으로 눈치를 덜 보는 수시가 더 나을지도 모른다. 그렇기 때문에 모의고사 못지않은 긴장감이 형성되는 것이었다.

"야! 등수 나왔어, 등수!"

한 아이가 문을 열고 소리쳤다.

떠들던 아이들이 잠시간 찬물을 끼얹은 듯 조용해졌다. 그리고 약속이나 한 듯 모두 우르르 몰려 나갔다.

상두는 아무렇지 않은 듯 의자에 앉아 있었다. 아이들처럼 호들갑을 떨고 싶지 않았다. 그의 영혼은 30대의 피스트 마스터가 아닌가.

하지만…….

'몸이 근질거리는군…….'

궁금한 것은 사실이었다.

아무리 영혼이 어른이라고는 하지만 이런 결과가 궁금하지 않는다는 것은 거짓말이다.

"확인하러 안 가?"

수민이었다. 그녀가 다가와 그에게 손을 내밀었다. 상두는 그녀의 손이 무안하게 일어났다.

"가자."

상두는 그렇게 말하고 앞으로 나아갔다.

"치……. 바보……."

수민은 그렇게 읊조리고 상두의 뒤를 쫓았다.

"10등이라……."

확인 결과 상두는 반에서 10등이었다. 전체석차는 89등. 나쁘지 않은 성적이었다.

아이들의 시선이 느껴졌다. 상두를 다시금 보게 되는 눈빛. 이제 그를 두려워하거나 경멸하는 눈빛은 없었다. 호의적인 눈빛도 충분히 있었다.

"축하해."

수빈의 축하에 상두는 머리를 긁적였다. 1등은 하지 못했지만 이만한 석차도 상두의 학습 수준을 감안하면 엄청난 성과인 것이다.

이날 수업은 평소보다 일찍 마무리되었다.

국가에서 휴일로 정해놓은 토요일. 하지만 고3을 앞둔 학생들로선 수업을 들어야 했다. 그래도 일찍 마치니 그것이 어디인가.

그러나 이렇게 좋은 날 상두는 교무실에 불려 가야만 했다.

"박상두, 정말 컨닝한 거 아니야?"

담임 선생님이 상두의 부정행위를 의심하고 있었다. 그간 상두가 받아왔던 성적과 비교했을 때 터무니없을 만큼 성적의 차이가 컸기에 벌어진 상황이었다. 그는 속에 화가 치밀어 올랐다. 순전히 자신의 실력으로 해놓은 결과에 트집을 잡으니 화가 날 수밖에.

하지만 한편으로 그동안 얼마나 공부를 못했으면 이런 오해를 받을까 싶기도 했다.

"선생님, 우리 반에서 제 주변에 저보다 점수를 잘 맞은 사람이 있습니까? 있다면 수민뿐인데 시험 칠 때는 자리를 바꾸지 않습니까. 그래도 제가 부정행위를 했다고 생각하십니까?"

담임 또한 그런 생각을 하지 않은 것은 아니었다. 하지만 꼴찌를 밥 먹듯 하던 녀석이 갑자기 이렇게 점수가 오르니 의심을 할 수밖에는 없었다.

"하지만 너는 항상 꼴찌만 한 녀석이잖아."

"선생님, 저는 선생님의 학생입니다. 다른 누구도 믿어주

진 못해도 스승된 자라면 자신의 제자를 믿어주셔야 하는 것
아니겠습니까."

담임의 눈이 커졌다.

뒤통수를 둔기로 맞은 것 같은 느낌이 들었다. 어린 학생에
게 깨달음을 얻은 것이다.

"하하. 그래, 그래……. 믿어야지. 내가 너를 안 믿으면 누
가 널 믿겠니."

선생님은 대답하며 환한 미소를 보였다.

"한 달 동안 행방불명된 사이에 무슨 일이 있었던 거냐?"

"무슨 말씀이신지?"

"옛날의 너와는 완전히 다른 사람이 되었으니 하는 말이
야."

"그저 철이 들었을 뿐입니다."

상두는 그렇게 말하고 고개 숙여 인사했다.

"이제 가도 되겠습니까?"

"그래, 나가 봐."

상두는 다시금 인사를 하고 교무실 밖으로 나갔다.

문을 열고 밖으로 나서자 수민이 기다리고 있었다.

"집으로 가지 않았나?"

상두의 물음에 그녀는 미소로 답했다.

"많이 혼났어?"

수민이 묻자 상두는 고개를 저었다.

"아니다. 혼나지 않았다. 아주 기뻐하시더구나."

상두의 말에 수민은 실없이 웃음을 보이며 물었다.

"오늘 뭐할 거야?"

하교하는 상두에게 수민이 다가와 물었다. 상두는 건조한 목소리로 대답했다.

"뭐, 집에 가서 공부나 좀 하든지, 어머니 일을 돕든지 할 것이다."

"피……. 재미없어."

"내가 재미가 없는 것이지 네가 재미없는 것은 아니지."

"오늘 나랑 놀래?"

수민의 물음에 상두는 잠시 눈을 멀뚱멀뚱 떴다. 갑자기 약속이 생기는 것인가. 무료하던 차에 이런 스케줄이라도 생기니 나쁘지는 않았다.

"그래, 그러지, 뭐."

상두는 그렇게 말하고 수민과 나란히 걸어 교문을 향했다.

교문으로 다다르자 교문 앞으로 엄청난 인파가 모여 있는 것을 볼 수가 있었다.

그 중심에는 모자를 푹 눌러쓴 한 소녀가 있었다. 상두는 의아해서 고개를 갸웃거렸다. 저런 인파가 왜 중소도시의 고등학교 앞에 몰렸는지 알 수 없는 상두였다.

그저 신경 쓰지 않고 지나치려는 찰나.

"이봐요! 거기!"

인파 속의 여학생이 누군가를 불렀다. 모두의 시선이 상두에게 향했다.

"이봐요, 거기! 불러도 대답없는 뚱하게 생긴 남학생!"

그녀가 부르는 것은 아무래도 상두 같았다. 하지만 상두는 아직도 신경이 무디게 그녀를 바라보지 않았다. 뚱하게 생긴 사람이라니 당연히 그일 리 없다고 생각했다.

"야! 박상두!"

그녀의 외침에 상두는 뒤를 돌아보았다. 두 사람이 눈이 마주쳤다. 하지만 상두는 그녀를 몰랐다. 그러나 그녀는 상두를 아는 것 같았다.

"누굽니까?"

그의 물음에 그녀가 인파를 가르고 성큼성큼 걸어왔다.

"휴우… 이제야 만났네."

"누구시더라?"

상두는 아직도 그녀가 기억나지 않았다. 그가 자신을 떠올리지 못하자 소녀는 실망한 듯 그를 노려보았다.

"그때 설악산 기억 안 나요?"

설악산이라……

상두는 설악산이라는 말에 번뜩 기억나는 것이 있었다. 설

악산에서 멧돼지 때문에 위험에 처한 그녀를 도와준 기억이
났다.

"그때 그 성질 나쁘게 생긴 아가씨!"

"뭐예요, 정말! 성질 나쁜 사람이 돈 빌려주나요?"

그녀의 말에 상두는 또다시 번뜩 기억이 났다. 그녀에게 차
비를 빌려준 것이 문득 기억이 났다. 너무 그때의 일을 잊고
살고 있었다.

"내가 차비를 빌렸던가?"

"빌렸던가라뇨?"

그녀는 상두의 말투를 흉내 내고 말을 이었다.

"돈 갚는다고 오라고 한 사람이 이러기예요?"

"아아… 돈을 갚겠다. 며칠만 말미를……."

상두는 귀찮은 듯 그녀에게 대충 말하고 돌아서려고 했다.
하지만 그녀는 그런 생각이 없었던 것 같았다.

"말미 따위는 필요 없어요. 나와 함께 가요."

"함께?"

그녀의 말에 상두는 의아했다. 설마 그를 납치하려는 생
각?

"나를 데려가서 어찌하려는 건가?"

"그런 게 아니라 오늘 하루 나하고 놀아줘요."

상두는 잠시 당황했다.

'뭐야, 이건……?'

당황스럽고 또 당황스러웠다.

놀아달라니?

이미 선약이 있는 상태의 사람에게 스케줄도 묻지 않고 막무가내라니.

상당히 무례하고 당돌한 아가씨였다. 상두는 이런 류의 아가씨들을 본 적이 있었다.

보통은 큰 영지를 지닌 대공의 여식들이 이런 느낌이었다. 그런고로 이 앞의 아가씨는 상당히 고귀한 혈통의 아가씨이리라.

"나는 이미 선약이……."

"선약? 누구요? 옆의 그 아가씨하구요?"

수민을 바라보는 아가씨.

"선약으로 따지면 제가 먼저예요. 미안해요, 그쪽한테는."

그녀는 수민에게 꾸벅 인사하고 막무가내로 상두의 팔을 붙잡고 뛰어갔다.

"야! 박상두!"

수민이 외치자 상두는 뒤를 돌아보며 대답했다.

"오늘은 미안! 다음 주 토요일에 같이 놀자꾸나!"

상두는 그렇게 여자에게 끌려가듯 나아갔다.

모두가 웅성거렸다. 아무래도 상두를 끌고 간 사람이 적잖게 유명한 사람인 것 같았다. 그렇게 웅성거리는 가운데 수민은 그 둘을 바라보며 인상을 찌푸렸다.

"뭐야, 도대체……."

수민은 화가 난 듯 얼굴이 붉어진 채로 돌아서야 했다. 월요일에 상두를 만나면 한마디 꼭 해줘야겠다는 생각을 했다.

'도대체가…….'

상두는 이 여자아이에게 끌려다니느라 정신이 없었다. 상두는 정신이 없었다. 하지만 그래도 지은 죄(?)가 있으니 그녀에게 끌려다닐 수밖에 없었다.

"저기 봐."

"저기, 그 사람 아니야?"

경호원을 대동하지 않고, 머리에는 모자를 푹 눌러써서 얼굴을 많이 가린 그녀였다. 하지만 사람들이 그녀를 알아보았다.

'아무래도 굉장한 유명인인 것 같군.'

상두는 그렇게 생각하며 계속 그녀에게 끌려 다녔다.

길거리에서 액세서리도 사고, 주전부리도 먹다보니 다리가 아파왔다. 그녀도 그랬는지 두 사람은 커피숍으로 향했다.

생전 처음 커피숍에 가본 상두는 머뭇거렸고 그녀가 모든 것을 처리해 주었다. 이곳에서 편안히 앉아 있다가 갈 줄 알았는데 그것이 아니었다.

"이제 쇼핑하러 가야죠?"

커피를 다 마시기도 전에 그녀가 말하자 상두는 인상을 찌푸렸다. 하지만 그저 필요한 물건을 사는 것으로 생각하고 '울며 겨자 먹기'로 따라갈 수밖에 없었다.

하지만……

지금 수여 시간째였다.

상두는 이미 지쳐서 발이 아파오는데 이 여자아이는 지치지도 않았다. 이것저것 사고 또 사고, 보고 또 사고, 보고를 반복했다. 물론 상두의 것도 준비해 주었다. 하지만 상두는 그것이 그리 즐겁지도 달갑지도 않았다.

상두는 한숨이 절로 나왔다. 언제까지 노예처럼 이렇게 끌려다녀야 한단 말인가. 노예에게도 자유라는 것이 있다. 이 정도까지 몇 시간 동안 부려먹는 것은 인간의 예로서도 말이 안 된다.

하지만 그녀의 모습이 무척이나 즐거워 보였다. 마치 오랫동안 이런 기회를 가지지 못한 사람처럼 보였다. 그 모습에 상두는 은근 뿌듯한 느낌이 들어 조금은 피로감을 몰아낼 수가 있었다.

"이제 나가자."

그녀의 말이 떨어지자 상두는 안도의 한숨을 내쉬었다.

'이제 끝이다.'

끝이 난 것 같았다. 하지만,

"이제 밥 먹으러 가야지."

어느새 시간은 저녁 시간이 되었다. 저녁까지 이 소녀에게 시달려서 먹을 생각을 하니 조금은 걱정이 되는 상두였다.

"가요. 혹시 뭐 먹고 싶은 거 없어요? 하루 종일 끌고 다녔더니 미안하네."

"먹고 싶은 것이라……."

상두는 생각에 잠겼다. 사실 그가 먹고 싶은 것은 이전 세계의 음식들이다. 하지만 그런 음식들이 이곳에 있을 리가 없었다.

지금 머리에 번뜩 생각나는 것은.

"혹시 컵라면 좋아하나?"

"컵라면?"

상두의 물음에 그녀는 고개를 갸웃거렸다. 맛있는 것을 사주겠다는데 컵라면을 먹고 싶다니. 그녀는 상두가 참으로 이상한 사람처럼 느껴졌다.

"그거 간식 아니에요?"

"간식이라니."

상두는 정색했다.

사실 그는 컵라면으로 끼니를 대신할 때가 많았다. 어머니가 바쁘고 부엌일은 전혀 손도 못 대는 그이기에 어쩔 수 없는 것이었다. 하지만 컵라면이 그렇게 만만한 음식은 아니었다.

"컵라면을 무시하지 마라. 컵라면은 아주 각양각색의 맛이 존재하지. 게다가 가격 또한 저렴하니 이것은 가히 신이 내린 음식이라고 할 수 있지 않겠나."

"원래 말투가 그렇게 구닥다리예요?"

여자아이의 물음에 상두는 잠시 당황했다. 아무래도 지금의 그의 말투는 이곳 사정과는 맞지 않는 것 같았다.

"왜, 이상한가?"

"아뇨, 그냥 좀 웃겨서."

그녀는 그렇게 말하고 상두의 손을 잡았다. 잠시 그녀는 자신도 모르는 돌발 행동에 얼굴이 붉어졌다. 하지만 이내 배시시 웃고는 말을 이었다.

"컵라면은 다음에 먹고 오늘은 내가 사는 거 먹어요."

"그럼, 다른 거 먹지."

이제 상두가 그녀를 잡고 이끌었다. 남자의 이끌림이 처음인 듯 그녀는 당황하여 의아하면서도 웃음기를 감추지 못했다.

상두는 패스트푸드점에서 햄버거를 사고 그녀를 이끌었다.

"어디로 가려는 거예요?"

"가보면 안다."

상황이 역전되자 소녀는 적잖이 당황하는 것처럼 보였다.

상두는 그가 사는 동네로 소녀를 데리고 왔다. 아주 높은 언덕길에 허름한 슬레이트 지붕의 집들이 즐비해 있었다. 금방이라도 허물어진 것만 같은 마을이었다.

이른바 달동네라고 하는 곳.

높은 곳에서 달을 맞이한다고 해서 달동네인 것인가. 달도 오르기 힘든 곳이라고 해서 달동네라고 하는 것인가.

그런 것은 두 사람에게 아무 상관 없었다. 무척이나 오랫동안 오르고 또 오른다는 사실이 중요할 뿐이었다.

"아직 멀었어요? 햄버거 하나 먹기 참 힘드네요."

그녀의 칭얼거림에 상두는 웃으며 대답했다.

"거의 다 왔다."

그들이 도착한 곳은 달동네 한편에 있는 벤치였다.

"자, 여기다. 원래 여기서는 구멍가게의 빵을 먹어야 제맛이지만, 오늘은 햄버거로 대신해야 하겠군."

두 사람은 벤치에 앉았다.

"우와~!"

소녀는 앞에 펼쳐진 풍경에 감탄사를 연발했다.

"이런 곳도 다 있었네요."

밤 공간 아래 펼쳐진 불빛들이 마치 보석을 뿌린 것처럼 다닥다닥 붙어 있었다. 지나다니는 차들의 불빛은 크리스마스 트리 불빛 같았다. 전망이 무척이나 좋았다.

"고마워요."

느닷없는 그녀의 말에 상두는 대답하려 했지만 지금 햄버거를 우걱우걱 집어넣은 터라 할 수가 없었다. 하지만 눈빛이 왜냐고 묻고 있었다.

"오늘 내 투정 다 받아줘서요. 좀 답답한 일이 있었거든요. 한 번은 일탈이라는 것을 해보고 싶었어요. 늘 짜인 틀에 갇혀 살다 보니 말에요. 사실 이 햄버거도 정말 오랜만에 먹는 거예요."

"나는 처음 먹는 거다."

상두는 이미 꺼억하고 트림을 하고 있었다. 그녀는 그런 그를 바라보며 이상한 웃음을 보였다.

"거짓말. 요즘 햄버거 하나 못 먹는 사람이 어딨어요."

"뭐 그럴 사정이 좀 있어. 보시다시피 이렇게 가난해. 그렇다 보니 햄버거 먹을 돈이 없어. 아니 있어도 홀어머니 혼자서 고생하시는 것을 보면 먹을 수가 없어."

그녀는 상두를 바라보며 불쌍한 눈빛을 보내며 물었다.

"가난한 게 싫지 않으세요?"

"평생을 청렴하게 살아왔다. 가난이 좋을 리는 없지만 싫지도 않다. 가난은 불편한 것이지 불행한 것은 아니니까. 가난한 가운데에서도 행복은 있다. 이걸 봐. 이곳에서 이렇게 빵을 먹는 것도 얼마나 행복한가?"

상두의 말에 그녀는 감동을 받은 것 같았다. 그녀의 눈에는 그의 머리에서 환한 광채가 흘러나오는 것만 같아 보였다.

이런 것이 첫눈에 반한다는 것?

"내가 너무 오만했네요. 내가 제일 불행하고 힘들다고 생각하다가 그보다 더 힘든 사람을 만났다고 잠깐 생각했어요. 하지만 아무래도 불행한 건 당신이 아니라 저였던 거 같네요."

"아니, 불행한 것이 아니라 행복을 아직 보지 못하는 것뿐. 주위를 둘러보면 행복은 가까이에 있을 거다. 행복이란 그런 것이니까."

상두가 일어나 엉덩이를 툭툭 털었다.

"왜 일어나요? 경치 좋은데. 좀만 더 보고 있다가 가요."

"이제 가보도록. 누군가가 아가씨를 마중 나왔으니."

그의 말대로 저 멀리서 검은 선글라스와 양복을 입은 남자들이 올라오고 있었다.

"어떻게 알았어요?"

그녀는 의아한 듯 물었다. 하지만 상두는 슬며시 웃을 뿐 대답하지 않았다. 그 모습에 그녀는 다시금 얼굴이 붉어졌다.

"가시죠, 아가씨."

그녀의 경호원인 것 같았다. 경호원들이 그녀를 향해 말하자 그녀는 고개를 끄덕이며 그들의 뒤를 따랐다. 하지만 이내 뒤를 돌아보았다.

"야, 박상두! 넌 내가 찍었어!"

갑자기 선언하는 그녀.

하지만 상두는 그녀의 선언이 이해되지 않았다.

"찍었다고? 그게 무슨 말이지?"

그는 고개를 갸웃거리며 멀어지는 그녀의 모습을 바라보았다.

"더 이상은 말하지 않겠어요. 다시는 이런 일탈 행동은 용서치 않습니다."

검은 세단에 앉아 있는 근엄한 표정의 외국인 여자가 어눌한 어조로 말을 이었다.

트레이닝복을 입은 그녀는 운동선수의 코치 같은 느낌이

었다.

그의 옆에는 상두를 끌고 다닌 소녀가 타고 있었다. 그녀의 얼굴이 굉장히 상기되어 있었다. 오늘 굉장히 즐거웠던 하루였나 보다.

"당신은 손연지예요. 세계적인 체조스타 손연지."

손연지…….

그녀는 체조의 불모지나 다름이 없는 이 땅에서 힘겹게 운동한 소녀다. 맨몸으로 러시아까지 가서 악바리 근성으로 체조를 배우고 세계 5위까지 오른 사람이다.

그렇게 되기까지 남들은 알 수 없는 엄청난 훈련이 뒤따른 것도 사실이다. 지금껏 그녀는 기꺼이 감내하며 감정을 절제했다.

하지만 아직 십대인 그녀에게 고된 훈련으로 지칠 수밖에 없었다. 그렇기에 이렇게 탈출을 감행한 것이기도 했다.

"게다가 소년과의 데이트라니……. 아무리 운동선수라고는 하지만 연지 양은 어떠한 스타보다 더 인지도가 높습니다. 스캔들이라도 나면 어쩌려고 그러는 겁니까."

계속되는 여자의 잔소리에도 손연지는 계속 히죽히죽 웃고만 있었다. 어떻게 보면 실성한 사람으로 오해를 받을 수도 있었다.

"내 말 듣는 겁니까?"

여자의 호통에 정신이 든 손연지는 고개를 끄덕였다. 하지만 그녀는 그의 말을 모조리 듣지 못한 것 같았다. 멍한 표정이 그것을 말해주었다.

"미안해요, 코치님. 오늘만 봐주세요."

그녀의 말에 코치는 어쩔 수 없다는 듯 고개를 가로로 흔들었다. 하지만 이해할 수는 있었다. 세계적인 스타이기 이전에 그녀는 어린 소녀이다. 이런 이탈도 한 번쯤은 괜찮지 않겠나 싶었다.

"봐주는 것은 오늘뿐이에요."

"네, 코치님~"

연지는 그렇게 고개를 끄덕이고 차창 밖을 바라보았다.

"박상두라……."

그녀는 상두를 생각하고 있었다.

상두의 얼굴이 차창에 그려지고 있었다.

'어머……. 내가 미쳤나 봐.'

유치하게 그의 얼굴이 차창에 그려지자 그녀는 고개를 흔들었다.

하지만 생각해 보면 생김새도 나쁘지 않았고, 키도 꽤 컸다. 누가 봐도 한눈에 호감이 갈 인상이었다. 하지만 그것이 전부는 아니었다. 말도 조리있게 잘하고 사람을 감동하게 하는 그런 능력이 있는 사람이었다.

"덕분에 참 즐거울 것 같은데?"

그녀는 창밖의 야경을 바라보며 흐뭇한 미소를 내비쳤다.

＊　　＊　　＊

다음 날 학교는 발칵 뒤집혔다.

모두 웅성거리며 이 대사건에 대해서 논하고 있었다.

그것은 바로 이 학교의 2학년 4반의 박상두가 체조요정 손연지와 데이트를 했다는 기사였다.

기사의 제목은 '체조요정 손연지, 무명의 고등학생과 데이트!'.

어제 학교 앞에 있었던 여학생은 손연지였던 것이 분명했다. 그녀가 박상두라는 어쩌면 아무것도 아닌 남학생을 데리고 갔으니 학교가 발칵 뒤집힐 수밖에 없었다.

"뭐지, 이 기운은……?"

박상두는 등교하는 가운데 알 수 없는 아우라를 느꼈다.

그것은 학생들이 그를 바라보는 시선들이었다.

남자들은 선망과 시샘으로 바라보았다. 요즘 한창 핫한 스타와 데이트를 했으니 당연한 것이다.

여자들 궁금의 시선이었다. 도대체 상두라는 아이가 어떤 매력남이길래 손연지와 데이트를 했나 하는 것이다.

"도대체 무슨 난리야."

상두는 왜 이런 난리인지 알 수가 없었다. 손연지라는 소녀의 정보를 알 수 없으니 당연한 것이다. 아무런 생각 없이 그는 학급에 들어섰다.

"야, 박상두!"

우선 남자아이들이 달려왔다. 그에게 무엇인가 묻고 싶은 것이다. 그것은 당연히 손연지와의 일이다.

"어떻게 된 거야?"

"손연지랑은 어떻게 알게 된 거야?"

"깊은 사이야?"

이윽고 여학생들도 가세해 두 명을 제외한 모든 급우가 몰려와 그를 둘러쌌다. 그 두 명은 수민과 동준이었다.

어쨌든 급우들은 여러 가지 질문을 퍼부었지만 상두는 알아들을 수가 없었다. 게다가 그는 손연지라는 사람을 알지 못한다.

"손연지가 누군가?"

그가 그렇게 되묻자 모두 의아한 듯 그를 바라보았다.

"어제 네가 같이 있었던 사람 말이야."

한 급우의 대답에 상두는 아무렇지 않게 말을 이었다.

"아……. 그 소녀의 이름이 손연지였군."

그는 그렇게 묻고 자기의 자리로 갔다. 모두 그런 상두의 모습을 보며 둔기에 맞은 듯 멍하니 있었다. 대스타인 손연지를 모른다니…….

카논이야 모르는 것이 당연하지만, 상두도 생전 관심이 없어 손연지의 손 자도 제대로 몰랐다.

"안녕."

그가 자리에 앉자 수민의 얼굴이 부어 있는 것이 보였다. 무슨 일인지 매일 먼저 인사하던 그녀는 상두가 인사할 때까지 아무런 말도 하지 않았다.

"왜 그러는 건가? 매일 하던 인사도 하지 않고."

수민은 대답 없이 신문 하나를 그에게 내밀었다. 스포츠신문이었다.

"이걸 왜 나한테 주는 건가?"

"잔말 말고 1면 읽어봐."

수민은 오늘따라 예전과는 다르게 무섭게 느껴졌다. 싸늘한 냉기가 풀풀 풍긴다고 할까.

상두는 그녀의 기백(?)에 눌려 군말 없이 신문의 1면을 읽었다.

"아닛!"

1면의 사진 속에 찍힌 모습은 어제 그와 함께한 소녀였다. 하지만 놀란 것은 그 나머지 한 사람은 자신이었기 때문이었다. 모자이크 처리가 되었긴 하지만 분명 그 자신임을 알 수가 있었다.

"이게 뭐지……?"

기사를 읽었다.

기사 내용은 묘령의 남고생과 스포츠 스타 손연지와의 스캔들에 관한 것이었다. 하지만 그는 결백하다.

그녀와 함께 다닌 것은 맞지만 그녀와 사귀거나 한 것은 아니었다.

그저 일방적으로 그녀에게 끌려다닌 것이다!

"이런 낭패가 있나. 어쩐지 나를 바라보는 시선들이 이상하다고 했어."

그는 헛기침을 했다.

왜냐하면 아직도 그녀의 서릿발이 느껴졌기 때문이었다. 아니, 그 싸늘함이 더욱더 강해진 것을 느낄 수가 있었다.

"아니, 나는 옛날에 신세 진 것이 있어서 그것을 갚는다고."

"그걸 왜 나한테 설명하는데?"

수민의 차가운 말에 상두는 당황했다. 언제나 상냥하던 그녀가 아니던가. 그러고 보니 왜 자신이 수민에게 변명하는지 이해할 수가 없었다.

상두는 더 이상 말을 붙이지 못했다. 그녀의 차가운 아우라(?)가 너무 부담스러웠던 것이다.

어떻게 학교시간이 지났는지 알 수가 없었다. 아이들이 몰려와 손연지에 대해서 물었고, 그는 대답하기 바빴다. 그 와중에도 수민의 눈치를 봐야만 했다. 이러니 정신이 있을 리가 없었다.

하교를 하는 도중에 상두는 수민을 따라붙었다. 오늘따라 밤이 어두워 그녀를 혼자 보낼 수가 없었던 것이다.

"도대체 나한테 왜 그러는 거냐."

상두의 물음에 그녀는 대답을 하지 않았다. 아예 듣지를 못하는 사람처럼 그를 바라보지도 않았다.

"오늘은 혼자 있고 싶어."

그녀는 그렇게 한참 뒤에 대답하고 빠르게 걸었다.

상두는 그녀를 뒤따랐다. 오해를 받고 살고 싶지는 않은 것이다. 그는 오해받고 사는 게 가장 싫은 일 중 하나이다.

"도대체 왜 그래?"

상두는 그녀의 앞으로 다가가 물었다.

"손연지하고는 어떤 관계야?"

"아… 그것 때문인가? 아무 관계도 아니다. 그저 예전에 일면식이 있을 뿐이지."

그의 말에 그녀의 표정이 한층 나아졌다. 지금까지 겪어본 바 상두는 거짓말할 사람은 아니었다.

"그렇게 그것은 왜 묻는 것이지?"

"아무것도 아니야."

수민은 웃음을 보였다. 상두는 의아한 듯 고개를 갸웃거렸다. 여자의 마음은 이 세계나 이전에 살던 세계나 상두 몸속의 카논에게는 어려운 일이었다.

CHAPTER **06**
한밤의 오토바이

날씨가 제법 쌀쌀한 휴일의 상두의 집.

"넌 왜 이곳에 있는 것이냐."

김동준이 그의 집에서 공부를 하고 있었다. 상두는 어이없다는 듯이 그를 맞이했지만 억지로 밀고 들어오는 그를 막을 수는 없었던 것이다.

"어쩔 수 없잖아. 아버지가 네놈에게서 무언가를 배우라고 하는데 어쩌라는 거야."

동준 역시 얼굴이 부어 있었다.

황금 같은 휴일에 밖에서 놀고 싶었다. 하지만 아버지는 동준을 상두의 이 허름한 집에 억지로 보냈던 것이다. 도대체 동급생인 그에게서 무엇을 배울 수 있다는 것인지 그는 이해할 수가 없었다.

"나는 뭐 여기에 있는 것이 좋은 줄 알아? 오늘 대구에서 약속이 있었단 말이야."

"그럼 거기 가도록. 나는 혼자 있는 것이 편하니."

사실 그랬다.

수련을 차분하게 하려고 했는데 누군가가 있으니 방해되는 것도 사실이었다.

"으…… 지루해."

상두는 자리에서 일어났다. 그가 일어나자 동준이 머뭇거렸다.

"어디로 가려는 거야?"

"잠깐 학교."

"휴일에 학교는 왜 가냐? 여기서 가려면 버스로 가야 되잖아."

"걸어갈 거다."

상두의 말에 동준은 한숨을 내쉬었다. 밖은 혹한의 추위라고 하는데 걸어서 1시간이 넘는 거리를 걸어가겠다는 것인가? 하지만 혼자서 이 집에 있을 수도 없고 따라나설 수밖에.

"택시 타고 가자."

상두를 쫓는 동준은 계속해서 상두에게 졸랐다. 하지만 상두는 귀찮은 듯 무시하고 걸어갔다.

　반쯤 왔다.

　'롯데마트' 근처의 수출탑이었다. 상당히 큰 도로였는데 그곳으로 한 무리의 오토바이가 우르르 몰려가고 있었다. 그들의 방향은 인동 쪽.

　"좀 위험한데……."

　동준의 말에 상두는 그를 그제야 바라보았다.

　"위험이라니, 무슨 말인가?"

　"쟤네 신평 근처에서 유명한 폭주족이잖아. 신평 살면서 그것도 모르냐?"

　동준의 말에 상두는 곰곰이 생각했다. 그러고 보니 뇌에 저장된 정보에 저들을 피해 다녔던 기억이 났다.

　폭력사건을 일삼는 것은 물론이고 성폭행에 마약까지 한다는 소문까지 돌았다. 물론 마약은 사람들이 만들어낸 소문일지도 모르지만 어쨌든 위험한 족속들임에는 틀림이 없었다.

　"아마도 저 녀석들 인동, 구평, 진평까지 세력을 넓히려 한다는 소문이 있는데 정말인가……."

　상두는 멀어지는 오토바이들을 바라보았다.

　언젠가는 저놈들의 버릇을 단단히 고쳐 주겠다는 생각을

하는 것 같았다. 저런 사회의 암적인 존재들은 그의 눈에는 가시와 같았다.

"쓸데없는 생각은 하지 않는 게 좋아."

동준의 말에 상두는 그를 바라보았다.

"쓸데없는 생각이라니?"

"저놈들 만만치 않아. 학교도 모두 다른 놈들이고 싸움도 꽤 잘하는 놈들이지. 게다가 막 나가는 놈들이야. 본드, 가스는 기본이고 사람을 죽였다는 소문도 있어."

상두는 '풋' 하고 웃음을 보였다.

"내 걱정하는 거냐?"

상두의 말에 동준은 고개를 절레절레 흔들었다.

"내가 미쳤나? 너 같은 놈 걱정하게."

동준은 옷깃을 야무지게 여미고 상두의 뒤를 쫓았다.

어느덧 하늘이 어둑어둑해졌다. 학교로 올라가는 길 앞에 섰을 때 동준에게 전화가 왔다.

스마트폰을 받아 든 동준의 표정이 굳었다.

"무슨 일이야?"

"준현이가 이 근처로 빨리 오라는군."

동준이 뛰어갔다. 굉장히 급박해 보였다. 상두는 그의 뒤를 쫓았다.

그들이 도착한 곳은 학교 옆쪽에 있는 원룸가 골목이었다.

골목치고는 꽤 넓었지만 한쪽 면이 산으로 되어 있어서 인적이 드문 곳이다.

이곳에 3대의 오토바이가 서 있었다. 어지럽게 튜닝되어 있는 오토바이는 R스타일이긴 했지만 고급스러운 것은 아니었다. 한눈에 보아도 불량한 놈들이 타고 다니는 것 같았다.

그것을 반증하듯 오토바이의 주인들로 보이는 자들이 각목에 알루미늄 배트를 들고 우악스럽게 서 있었다. 그들의 뒤로는 입술이 터지고 눈에 멍이 든 학생이 있었다.

그리고 그들과는 동준의 오른팔이라고 할 수 있는 준현이 대치하고 있었다.

"아, 동준아!"

준현은 동준을 발견하자 기쁜 듯이 불렀다. 아무래도 숫자가 더 많다보니 한 명이라도 더 있는 편이 좋을 것이다.

"근데 저 새끼는 왜 데리고 왔어?"

준현은 상두가 같이 온 것이 신경에 거슬리는 느낌이었다.

"어쩌다 보니……."

동준은 준현의 옆에 섰다.

"여어… 김동준이. 오랜만이야, 친구."

오토바이의 무리 중 하나가 동준을 보며 읊조렸다. 아무래도 두 사람은 서로 잘 아는 사이 같았다.

"난 네놈 같은 친구 둔 적 없어. 네가 학교를 자퇴하고 떠난 그 이후부터 넌 내 친구가 아니다."

동준의 인상이 굳어지자 상두가 나섰다.

"그 뒤의 학생은 우리의 학우 같은데……. 네놈들은 무슨 짓을 한 것인가?"

상두는 뒤쪽의 학생을 살폈다. 상처가 예사롭지 않았다.

"지금이라도 우리의 학우를 풀어준다면 네놈들 몸은 성하게 보내주마."

"뭐라 씨부리는 거냐?"

상두의 말에 그들은 어이가 없는 듯 웃어넘겼다. 키는 꽤 컸지만 근육량이 적고 호리호리한 체격의 상두가 우습게 보인 것이다.

"지금이라도 회개하고 돌아선다면 네놈들은 성하게 갈 것이고, 아니라면 길바닥에 쓰러진 채로 잠들 수도 있겠지."

"저 새끼가 진짜! 조져 버려!"

상두의 도발 아닌 도발에 발끈한 놈들이 빠르게 달려들었다. 동준과 준현이 앞으로 나서려고 했지만 상두가 그들을 막아서며 앞으로 뛰어갔다.

순식간이었다.

동준과 준현의 눈이 커졌다.

무기를 들고 달려들던 세 사람이 갑자기 공중으로 쑤욱 하고 솟아올랐다. 그러더니 그대로 땅바닥에 너부러졌다. 꿈을

꾸고 있나 싶은 생각마저 들었다.

"크윽……."

"으윽……."

놈들은 그대로 쓰러진 채 신음했다. 하지만 큰 부상을 입은
것도 아니었다. 사실 상두는 크게 해할 생각을 하지 않았다.
그저 겁만 주는 것이 전부.

"다시 한 번만 더 우리 학우를 건드리면 내가 가만히 있지
않겠다."

상두의 으름장에 쓰러진 무리는 허리와 팔을 움켜쥐고 일
어났다.

"가만히 두지 않겠다!"

라고 진부한 대사를 남긴 무리는 빠르게 자리를 떴다.

"이거 큰일인데……."

동준이 나섰다. 그의 얼굴에는 무척이나 심각한 기운이 감
돌고 있었다.

"무슨 말이야?"

"저놈들 무리가 어느 정도 되는지 알기는 해?"

"일개 군단 정도라도 난 상관이 없다."

"군단이고 뭐고, 이십 명이 넘는 숫자야. 모두 하나같이 막
나가는 놈들이라고. 그런 놈들이 우리 학교에 들이닥친다
면……. 생각만 해도 끔찍하다."

동준이 학교를 생각하는 마음에 상두는 훗 하고 웃음을 보였다.

"뭐야 비웃는 거냐?"

"아니, 네 녀석도 귀여운 구석이 있다 싶어서. 걱정하지 마라. 내가 있는 한 어떤 놈들이라도 다 막아낼 수 있을 것이다."

상두의 말에 동준은 고개를 절레 흔들었다.

"서너 명 쓰러뜨렸다고 기고만장해 있는데 제가 20명이 넘는 상대를 한꺼번에 상대할 수 있을 것 같아? 도대체 그딴 허세는 어디서 나오는 거냐?"

"허세가 아니다. 일단 집으로 돌아가야겠군. 내일 학교를 가려면 준비해야 하지 않겠나."

상두는 그렇게 말하고 걸음을 재촉했다.

"또 걸어갈 거냐!!"

상두의 집에 짐을 놓고 온 동준은 그의 뒤를 쫓을 수밖에 없었다.

"야, 김동준! 어디 가!"

준현은 동준을 불렀지만 그는 옷깃을 다시 여미고 상두의 뒤를 쫓았다.

'저 자식 무슨 생각을 하고 있는 거지…….'

상두의 머릿속을 뜯어보고 싶었다.

어쩌면 그는 너무 쉽게 생각했다. 어린 학생들이니 겁만 주면 된다고 생각한 것이다. 하지만 그는 이 세계의 어린 학생들의 치기를 너무 낮게만 본 것이다.

*　　　　*　　　　*

다음날 학교 앞에는 오토바이들의 몇 대가 수시로 왔다갔다하고 있었다. 모두가 불량하게 입고 있었고 손에는 각목 등 둔기를 들고 있었다.

한눈에 보아도 폭주족들.

가끔 순찰하는 경찰차가 나타나면 모습이 사라졌다가 다시 나타났다가를 반복했다.

학교에서는 이상하게도 경찰을 부르지 않았다. 경찰을 부른다면 학교 이미지에 좋지 않은 영향을 끼친다고 판단한 탓인 듯했다. 덕분에 학생들은 밖을 바라보며 불안에 떨어야 했다.

도저히 안 되겠다고 판단했는지 학생주임 교사가 체육교사와 몇몇 남교사를 대동하고 나타났다. 그들의 얼굴에는 긴장감이 가득했다. 아직 다들 어린 청소년들이라고는 하지만 가장 감정이 불균형한 나이 때이기도 하다.

"너희 뭐야?"

학생주임의 물음에 그들은 침을 퉤 뱉으며 말했다.

"꼰대들이 신경 쓸 거 아니거든요? 운동장에 잠깐 놀러왔 거든요."

선생들은 굉장히 기분이 나쁜 표정이었다. 하지만 학생주 임은 최대한 표정을 근엄하게 바꾸고 입을 열었다.

"수업 시간 중에는 학교 운동장을 쓰지 못한다는 거 몰라? 너희 어느 학교야?"

"우리 학교 안다니는데요? 귀찮으니까 꺼지시죠?"

"이 자식들이!"

학생주임이 이제 참을 수 없는 듯 팔을 걷어붙이며 그들을 위협했지만 그런 작은 행동에 겁을 낼 폭주족들이 아니었다. 오히려 담배까지 입에 물며 선생들을 조롱했다.

"경찰을 부르겠다."

학생주임이 할 수 있는 최선의 행동은 역시 경찰을 부르는 것.

"부를 거면 부르든가요. 우리가 뭘 잘못했냐?"

사실 운동장에 들어와 있다고 해서 경찰까지 부를 죄를 지 은 것은 아니다. 그것을 알고 있는 폭주족들은 서로 바라보며 낄낄거렸다. 그 모습에 화가 났는지 학생주임이 전화기를 들 었다.

"수업 시간에 이렇게 운동장에서 방해하는 건 파출소라도 끌려갈 텐데? 그러면 네 녀석들 죄목들이 줄줄이 엮이겠지?"

학생주임은 이빨을 꽈득 물었다.

학생주임의 위치에서 이렇게 아이들에게 협박을 하게 될 줄은 몰랐다. 세상이 세상인지라 괜히 아이들에게 매를 들었다가는 폭력사태로 비화될 것이다. 그렇다면 교사 인생에 큰 타격이 될 것이다.

그의 협박이 통한 것인가?

"알았어. 알았수다, 꼰대씨."

폭주족들은 오토바이를 몰고 밖으로 나가기 시작했다. 학생주임은 의기양양한 표정으로 대동한 남교사들을 바라보았다. 하지만 이내 그의 표정은 굳어질 수밖에 없었다. 밖으로 나가던 폭주족들은 정문 앞에 진을 쳤다.

"아… 저 자식들은 무슨 억하심정인지……."

학생주임도 고개를 절레절레 흔들 뿐, 더 이상 그들을 제어할 방법이 없었다. 그저 선생들과 함께 다시 교무실로 향할 수밖에 없었다.

2학년 4반의 분위기가 심상찮다.

김동준의 표정이 잔뜩 굳어 있었던 것이다. 더 이상 참지 못하겠다는 듯이 일어나더니 상두 앞에 섰다. 모두 시선이 그쪽으로 고정되었다.

폭주족 때문에 걱정인 가운데 이 두 사람이 부딪친다면 반 분위기는 더욱더 싸늘해질 것이다.

"박상두 나 좀 보자."

상두는 자리에서 일어났다.

"무단 조퇴라는 것을 좀 해야겠군."

그는 동준의 말을 들은 척도 안하고 교실 밖으로 나갔다.

모두 어안이 벙벙했다. 상두가 동준을 무시했다. 이것만으로도 큰 사건이 일어날 것이다. 동준도 준현을 바라보며 눈만 멀뚱멀뚱 뜰 뿐이었다.

"저 새끼……."

자리에 앉은 동준은 잠시 인상을 찌푸리더니…….

"이 자식 대체 무슨 일을 저지르려고!"

벌떡 일어나 상두의 뒤를 쫓았다.

동준이 밖으로 나오자 상두는 폭주족과 대치 중이었다. 심각하고 위험한 분위기가 물씬 풍기지만 상두는 여유를 잃지 않았다.

"도대체 우리 학교에 이렇게 진을 치고 있는 이유가 무엇인가?"

"니가 어제 우리 조직원들을 쓰러뜨린 놈이냐?"

"혹시 길바닥에 너부러지던 그 애송이들 말인가."

상두의 대답은 도발에 가까웠다. 그 덕에 폭주족들이 발끈

했는지 오토바이 안장에서 벌떡 일어났다. 하지만 그중에서도 리더로 보이는 놈이 팔을 뻗어 모두를 막아냈다.

"너 말조심하는 게 좋을 거야. 이번에 제대로 밟아줄 테니까. 이거나 받아라."

리더가 스마트폰으로 던졌다.

상두가 그것을 받아들자 벨이 울렸다.

"받아라."

상두는 그들의 말대로 전화를 받았다.

"누구냐 넌……."

─난 신평연합 리더 강대섭이다. 오늘 밤 신평 장헌맨션 옆 동사무소 놀이터로 나와라. 신평에 산다고 들었는데 위치는 알겠지? 나오지 않으면 니 애미 장사하는 곳이 작살날 줄 알아라. 이건 협박이 아니…….

말이 다 끝나기도 전에 상두는 전화를 끊어 버렸다.

"네놈의 우두머리는 굉장히 혀가 길구나. 학교 마치는 대로 그곳으로 간다고 전해라."

상두의 말에 폭주족들은 그를 노려보았다. 그의 당당한 태도가 그들에게는 눈에 거슬리는 행동으로 다가온 것 같았다.

"뭔가? 볼일이 더 남았나?"

상두의 물음에 그들은 침을 퉤 뱉더니 오토바이를 몰고 물러났다.

지켜보고 있던 동준은 다리가 후들거리는 듯 휘청거렸다. 학교에서 아무리 잘나가는 일진이라고는 해도 그것은 인문계 고등학교에서의 이야기일 뿐. 실업계 고등학교나 저런 학교를 다니지 않는 아이들 사이에 있으면 그저 돈 많은 찌질이일 뿐이다.

"야, 박상두 너 갈 거냐?"

상두는 대답없이 그저 고개를 끄덕일 뿐이었다.

"너 거기 가면 반병신 돼, 임마."

"나를 걱정해 주는 거냐?"

"지랄 마. 네놈은 내가 언제 한번 작살내 줄 거다."

대답은 우악스럽게 했지만 동준은 그런 마음이 아니었다. 실수였다지만 상두를 죽일 뻔했던 일이 마음속 깊이 남아 있는 것이다. 아무리 강한 척하고 나쁜 짓을 다 하고 다닌다고 해도 그 역시 아직 여린 청소년이 아닌가. 마음의 무거운 짐이 되는 것은 어쩌면 당연한 것이다.

"조퇴는 하지 않아도 되겠군."

상두는 아무렇지도 않은 듯 성큼성큼 걸어서 다시 교실로 걸어 들어갔다.

드디어 결전의 밤.

상두는 큰 숨을 들이마셨다. 아무리 카논의 영혼이라고는 하지만 상두의 육체를 가진 그는 긴장할 수밖에 없었다. 하지만 지금 정도의 규모의 인원은 충분히 제압할 수 있는 힘을 기른 것도 사실이었다.

"이제 출발해 볼까?"

편한 복장으로 갈아입었다. 허름한 옷이지만 옷매무시를 단정히 했다.

상두는 집에서 십 분 정도 거리에 있는 동사무소 놀이터로 향했다. 멀리서도 담뱃불이 뻐끔뻐끔 타는 모습이 보이는 것으로 보아 이미 모여 있는 것 같았다.

상두가 놀이터로 도착하자 오토바이의 전조등 불빛이 그를 향했다.

"여어… 니가 박상두냐?"

대략 20명 정도의 폭주족의 중심에 머리를 노랗게 염색한 한 남자가 보였다. 모두 청소년이었지만 이자만은 20대로 보이는 얼굴이었다.

"네가 강대섭인가? 나를 부른 목적이 무언가?"

상두는 거두절미하고 단도직입적으로 물었다.

"시원시원해서 좋군. 그런데 말투가 왜 그렇게 구닥다리냐?"

"알 것 없다. 부른 이유나 말하라."

상두의 말에 강대섭의 표정이 진지해졌다.

"사과해라. 사과를 하면 팔다리 아작 내는 것으로 끝내주겠다."

"사과할 이유가 내게는 없다."

"말이 안 통하는군. 강제로 할 수밖에."

강대섭이 눈짓을 보내자 열 명 정도의 폭주족이 상두 앞으로 어슬렁어슬렁 다가왔다. 모두 손에 둔기를 들고 있어 우악스러워 보였다.

상두는 두려움없이 입을 열었다.

"비겁하군."

상두의 말에 뒤쪽의 강대섭이 눈살이 잠시 찌푸려졌다. 그는 상두의 말에 반응한 것이다.

"비겁하게 그 뒤에 숨지 말고 나와라. 우두머리라는 자가 앞서 행하지 않고 뒤쪽에 숨다니 비겁하구나."

이제 더 이상 참지 못하겠다는 듯 강대섭이 소리쳤다.

"한 번 더 씨부렁거려 봐, 새끼야."

"무릇 우두머리라고 하는 자는 누구보다 앞서서 행해야 한다. 그러고도 네 녀석이 우두머리라고 할 수 있겠느냐!"

상두의 호통.

더 이상은 강대섭이 참지 못했다. 그는 가죽 장갑을 손에 끼며 인상을 찌푸린 채 이죽거렸다.

"이 새끼 넌 뒤졌어."

그가 앞으로 나아오자 나머지 폭주족들이 뒤로 물러났다.

'걸려들었군.'

상두는 속으로 쾌재를 불렀다.

그의 경험에 의한 생각이 맞아떨어졌다. 똘마니들까지 상두가 처리할 필요는 없었다. 이런 류의 인간들은 우두머리만 쓰러지면 정신적으로 와해된다. 힘을 들이지도 않고 충분히 제압할 수 있는 것이다.

역시나 저 나이 때의 혈기가 왕성한 이들은 자존심에 조금만 상처를 주는 말만 해도 발끈하고 행동으로 보이게 된다. 하지만 한 번 더 쐐기를 박아야 한다.

"왜? 부하들과 전부 덤벼들지 않고."

쐐기를 박기 위한 상두의 이어진 도발에 강대섭은 외쳤다.

"한 놈이라도 마음대로 움직이면 내가 죽여 버릴 거다!"

외침과 동시에 강대섭은 상두에게로 달려들었다. 움직임은 나쁘지 않았다. 그런대로 훈련되어 있는 것 같았다.

그는 가만히 서 있는 상두를 향해 강한 주먹을 날렸다. 주먹으로 전해지는 둔탁한 느낌은 제대로였다.

"어떠냐? 내 주먹은 킥복싱 선수도 무너뜨릴 정도다! 어? 아니!"

얼굴로 들어간 것이 아니었다.

"그래서 어쨌다는 거냐?"

상두의 손아귀에 주먹이 들어가 있는 상황. 맨몸으로 수천의 적진도 휘몰아쳤던 상두의 영혼 카논의 경험에 비추어 보자면 이런 주먹 따위는 솜방망이다.

상두는 자신만만한 웃음과 함께 그를 밀쳤다.

"이 자식이!"

강대섭은 계속해서 공격을 해댔다. 하나하나 무게감이 있는 공격이었지만, 모두가 상두의 오른손에 막혀 제대로 공격이 들어가지도 않았다.

"헉… 헉……."

이제 지칠 대로 지쳤다. 강대섭은 어깨를 늘어뜨린 채 그대로 숨을 헉헉거리고 있었다.

"이제 내 차례다."

상두는 주먹을 들었다. 그의 몸으로 엄청난 위압감이 흘러나오는 것을 강대섭은 알아차렸다.

이것이 바로 경험의 차이.

하지만 강대섭은 그 경험의 차이를 그저 위압감으로 받아들이고 있는 것이었다.

강하게 내려쳤다.

상두는 그의 얼굴에 강하게 주먹을 내려쳤다.

가혹하리만치 강하게 강대섭을 때리기 시작했다. 이것은 때리는 정도가 아니었다.

폭력이었다.

주변의 폭주족들은 상두를 말리지 않았다. 아니, 말리지 못했다. 강대섭을 죽일 듯 몰아치는 상두의 모습에 얼어 버린 것이다. 만약 말리기라도 하면 본인들도 크게 당할 것 같은 느낌이 들었다.

얼마나 맞았는지 강대섭은 힘없이 축 늘어져 있었다. 상두는 늘어진 강대섭의 멱살을 거머쥐고 폭주족들을 노려보았다.

"다시금 이딴 짓을 하고 다니면 모두 이 녀석처럼 만들어 버릴 것이다."

상두는 강대섭을 일행에게 던지듯 밀어 놓고는 뒤돌아섰다. 모두 얼어 버렸다. 더 이상은 그들을 공격할 가치도 없었다.

강대섭은 휘청이면서도 온 힘을 다해서 일어서며 상두를 노려보았다. 눈에 독기가 가득 올랐다.

"기다려, 이 새끼야!!"

있는 힘을 다 짜내어 그는 상두를 향해 달려들었다. 달려드는 그의 손에는 작은 나이프가 들려 있었다. 달려들어 상두의 등을 찌르려는 것 같았다.

"어리석은 놈."

그런 것에 당할 상두가 아니었다.

상두는 몸을 틀어 피했다. 하지만 약간 방심한 탓에 등에 살짝 긁힌 상처가 생기며 피가 흘렀다.

"제기랄……!"

실패했다.

강대섭은 이제 더 이상 힘이 없는 듯 나이프를 떨어뜨렸다.

"정신 차려라!"

상두는 그대로 그의 얼굴을 내려쳤다. 둔탁한 소리와 함께 그는 그대로 축 늘어졌다.

"급소는 피해서 때렸으니 하룻밤 자고 일어나면 뻐근하기만 할 뿐 부상은 없을 것이다. 몸조리 잘 시켜라."

상두의 말에 모두 치를 떨었다. 하지만 상두의 카리스마에 눌려 저항은 할 수가 없었다.

"으으……."

등이 따가웠다. 이 정도는 참을 수 있었지만 그래도 따가웠다. 등의 근육에 힘을 주었다. 그리고 육체 치유술을 통해 에너지를 돌려 상처를 어느 정도 아물게 해 지혈시켰다. 하지만 등에 흥건한 핏자국은 어쩔 수 없었다.

"어머니가 먼저 주무셔야 하는데……."

이미 시간은 어머니가 돌아오실 시간을 한참을 넘겼다. 아마 주무시고 계실 것이다.

하지만 그것은 상두만의 생각이었다. 집 대문 앞에서 누군가가 쭈그리고 앉은 것을 발견할 수가 있었다.

"어머니……."

상두의 어머니였다.

"어디 갔다 오는 거냐. 학교에서 마치고 돌아올 시간을 훨씬 넘겼잖아. 옷을 보니 집에는 들른 모양이구나."

상두는 머리를 긁적였다.

"친구들하고 좀 일이 있었습니다. 죄송합니다. 리어카를 끌러 갔어야 하는데……."

"엄마 일은 안 도와줘도 된다. 네가 할 일은 공부야. 아이들하고 어울리면서 허튼짓만 하지 말거라."

무뚝뚝한 말투에 표정이지만 상두는 알 수가 있었다. 이렇게 대문 밖에서 그를 기다린 것은 그녀의 사랑이라는 것을.

"등의 그 자국은 뭐니……!"

어머니의 눈이 커졌다.

홍건한 핏자국을 발견한 것이다. 게다가 옷은 날카로운 것에 찢어진 모습이었다.

"아무것도 아닙니다. 걱정하지 않으셔도 돼요."

"도대체 무슨 짓을 하고 다니는 거니!"

어머니의 호통에 상두는 어머니를 진심 어린 눈빛으로 바라보았다.

"어머니. 절대로 걱정하지 않으셔도 됩니다. 치기 어린 말이 아닙니다. 제 앞가림 정도는 이제 할 수 있습니다. 어머니가 걱정할 정도의 일은 절대 하지 않습니다. 걱정하지 마십시오. 어머니의 아들을 믿어보십시오."

상두는 그렇게 말하고 어머니를 계속 쳐다보았다. 어머니는 자식의 눈빛을 계속 바라보더니 한숨을 내쉬었다.

"그래 믿으마. 내가 너를 믿지 않으면 누가 너를 믿겠니."

어머니의 말에 상두는 고개를 끄덕였다. 그의 진심이 그녀에게 닿았고 그녀의 진심도 상두에게 닿았다.

*　　　　*　　　　*

오랜만의 수련이다.

육체의 수련이 모두 끝나고 가부좌를 틀고 앉아 정신수련에 몰두하고 있었다. 육체의 수련만큼이나 정신의 수련은 중요하다. 아무리 육체가 강하다고 한들 정신이 받쳐 주지 않으면 전투에서 승리할 수 없는 것이다.

어느 정도 수련이 끝난 그는 긴 숨을 내쉬며 눈을 떴다.

"예전의 힘을 찾는 것은 무리인 것인가……."

그는 이번 명상을 통해서 이 육체로 어디까지 강해질 수 있는지를 내다보았다. 하지만 예전만큼의 힘을 되찾는 것은 무리였다. 몇십 년을 수련을 한다면 그의 힘을 백 분의 일 정도는 되찾을 수 있을 것 같았다.

그래도 그 정도의 힘이라면 이 세상에서는 전지전능한 힘
이라고 할 수 있을 것이다.

"후우……."

수련을 마친 그는 일어났다.

어머니를 도와 드려야 했다. 그가 있어야 단속반에 걸려도
신속하게 해결할 수가 있었다. 상두는 노점상을 단속하는 것
을 아직도 마음으로는 수긍할 수가 없었다. 어려운 사람을 도
와주지는 못할망정 오히려 핍박하는 것은 그의 사상으로는
절대 이해할 수 없을 것이다.

"기사도 정신이 죽은 사회인가."

상두는 한숨을 내쉬었다.

일단 이 세상에서 상두로 살아가기로 마음먹은 이상 어머
니를 봉양해야 한다. 물론 그녀를 두고 떠날 수도 있다. 하지
만 그녀는 병약하다. 게다가 그런 몸으로도 이런 자식을 거두
겠다고 일을 하고 다닌다. 그런 그녀를 버릴 수가 없었다.

일이라도 해서 그녀를 봉양하고 싶었지만 말을 꺼낼 때마
다 그녀는 호통을 칠 뿐이었다.

'공부만 하는 것이 능사는 아닌데…….'

상두 역시 일을 하고 싶었다. 어머니에게만 생계를 맡길 수
는 없었던 것이다. 어머니에게 학교를 그만두겠다고까지 말

했다. 하지만 어머니는 받아들이지 않았다.

'학생의 본분은 공부야. 사람은 공부를 해야 성공할 수가 있어. 네 대학은 내가 어떻게든 보낼 테니까, 허튼 생각 말고 공부나 해.'

그녀의 대답은 이런 것이었다. 그러니 상두가 답답할 수밖에 없었다.

상두는 이제 밖으로 나섰다. 계속 삼상 공장 근처에서 김밥과 토스트를 팔았는데 이제 자리를 시내로 옮겼다.

아무래도 시내에서 장사를 해야 여러모로 유동 인구도 많을 것이라는 이유에서였다. 집인 신평에서도 시내가 오히려 가까웠다.

상두는 자동차의 힘을 빌리지 않고 걸어서 시내를 향했다.

이것 역시 수련의 일환.

그의 삶 자체가 바로 수련이었다.

구미시의 시내는 굉장히 규모가 작다. 구미 시민들도 '일자 시내'라고 비아냥거릴 정도였다. 그래도 근처의 김천이나 상주보다는 시내가 크니 그나마 놀 것도 많았고 가게들도 많았다.

상두는 시내가 싫었다.

시끄러운 음악도 싫었고 사람들이 많이 지나다니는 것도 싫었다. 그래서 옆 뒤를 돌아보지 않고 앞만 보고 목적지를 향해 걸어갔다.

"저기 학생."

누군가가 상두를 부른다. 무심결에 상두는 옆을 돌아보았다. 상당히 옷을 잘 차려 입은 한 여성이었다.

"무슨 일이신지."

상두의 물음에 그녀는 다짜고짜 DSLR을 들어 상두의 사진을 찍었다.

"무슨 짓이오."

상두는 그것이 불쾌한 듯 인상을 찌푸렸지만, 그녀는 계속 사진을 찍었다.

"핏이 괜찮은데?"

사진을 다 찍은 그녀는 상두를 다시금 훑어보았다.

"혹시 피팅모델 할 생각 없어?"

"피팅모델?"

"그래, 피팅모델. 쇼핑몰 모델이라고 생각하면 될 거야. 이건 내 명함."

상두는 그녀의 명함을 받아 들었다. 슈퍼센스 쇼핑몰 CEO 황상미라고 적혀 있었다.

"일단 학생 연락처 좀 줄 수 있어?"

"내가 당신을 어떻게 믿고 연락처를 줍니까."

상두의 말에 그녀는 풋 하고 웃음을 보이더니 말을 이었다.

"난 연하 취향 아니니까 걱정 말고 연락처 좀 줘봐."

상두는 그녀의 넉살에 어이없을 정도로 순순히 연락처를 남겨주고 말았다.

"그럼 다음에 연락할게."

그녀는 다시금 넉살 좋게 인사하며 역을 향해 나아갔다. 상두는 그런 그녀를 고개를 갸웃거리며 바라보았다.

CHAPTER **07**
피팅모델이 되다

점심시간에 전화가 울렸다.

이런 일은 그다지 없는 상두였다. 전화가 오는 곳이라고는 대출 권유 전화 아니면 어머니의 전화뿐이다. 게다가 이 시간에 전화를 할 사람 또한 없었다. 걸려온 번호도 모르는 번호. 일단 상두는 전화를 받았다.

"여보세요?"

─나야 기억 안 나? 예전에 피팅모델 해볼 생각 없느냐고 물었던.

상두에게 여자는 계속해서 말을 쏟아냈다.

상두는 무슨 말인지 알 수 없을 만큼의 말이 쏟아져 나왔다. 하지만 그녀를 만났던 것은 기억이 났다. 바로 시내에서였다.

그녀가 쏟아낸 말 중에 기억할 수 있는 것은 서울에서 하는 꽤나 큰 쇼핑몰을 운영하고 있다는 말뿐이었다.

"알겠습니다. 그런데 피팅모델을 하면 돈을 어느 정도 벌 수 있습니까?"

상두의 단도직입적인 물음.

이야기를 들어보니 공부하는 시간에 쪼개서 할 수도 있는 일이었다. 게다가 곧 방학이라 시간 구애를 덜 받을 수도 있을 것이다.

─건당 이십만 정도. 인기가 늘어나서 매출이 오르면 더 줄 수도 있고. 해볼래?

그녀의 말에 상두의 눈이 커졌다.

건당 이십만 원이라면 지금 어머니의 일주일 벌이보다 더 쏠쏠하다.

"네! 해보겠습니다!"

상두는 기분 좋은 마음으로 전화를 끊었다. 이 기쁜 소식을 어머니께 전하려니 가슴이 두근거렸다.

어느덧 시간이 흘러 방학이 되었다. 학교마다 다르지만 방학이라고 해도 초반 일주일 정도만 쉴 수 있고 나머지는 자율 학습에 나가야 한다.

상두는 옷을 잔뜩 차려입었다.

집안 형편이 좋지 못하니 그리 좋은 옷은 없었다. 이것저것 골라서 그나마 가장 괜찮은 옷을 골랐다. 그래도 그리 좋지 못하다.

하지만 수련으로 다져진 몸매라 아무 거나 걸쳐도 빛이 났다. 옷이 날개라는 말이 무색할 정도였다.

예전 상두의 모습은 이런 모습이 아니었다. 앨범에서 예전 사진을 보면 살집이 있는 모습이었다. 이른바 '오덕후'의 전형적인 모습이었다.

'살찐 사람은 로또다' 라는 우스갯소리가 생각이 났다.

어쨌든 이렇게 상두가 잔뜩 멋을 부리는 이유는 오늘 피팅 모델 면접이 있는 날이기 때문이다.

시내에서 우연히 알게 된 사람의 제안.

그 제안 덕분에 상두는 그나마 금전적으로 숨통이 트이는 것 같았다.

"면접이라……."

상두는 긴장했다.

"뭐……. 명목상이라고 하니……."

그저 명목상 하는 면접이라고 이야기는 들었다. 하지만 긴장되는 것은 어쩔 수가 없었다.

언제나 날 선 전장에서 살아온 그였다. 하지만 이런 평화로운 세상에서는 별것도 아닌 일에 긴장을 하고 있었다.

"평화로움에 완전히 물들어 버렸군."

그는 고개를 절레절레 흔들고는 얼굴을 착착 쳤다.

드디어 밖으로 나섰다.

날씨가 꽤 추웠다. 하지만 상두의 외투는 그다지 두껍지 않았다.

얇은 옷을 입은 상두는 몸을 움츠렸다. 하지만 이내 가슴을 당당하게 폈다. 이런 추위에 굴복할 그가 아니었다. 추위도 당당히 맞서다 보면 아무것도 아닌 것이 되는 것이다.

그가 걸어가자 많은 여성들이 그를 바라보았다.

남자들은 질투의 시선을 보냈다.

아무래도 비싼 옷도 좋은 옷도 아닌데 옷발이 살아났기 때문이리라. 상두는 그런 사람들의 시선을 의식하지 못했다. 사실 그는 그가 그렇게 잘생겼다고 생각하지 않았기 때문이었다.

하지만 그의 외모는 연예인을 뺨칠 정도로 잘난 것이 사실이다. 본인이 인지를 못할 뿐이지.

3시간 이상 버스를 타고 서울의 강남 버스터미널에 도착할 수가 있었다.

이미 대기한 쇼핑몰 직원을 만날 수 있었고 이윽고 스튜디

오에 도착할 수가 있었다.

스튜디오라고는 하지만 쇼핑몰 본사 한편에 마련되어 있는 짝은 공간이었다. 그렇기에 그리 큰 규모는 아니었다.

상두는 안으로 들어섰다. 작은 규모의 스튜디오였지만 그래도 갖추어진 장비는 웬만한 좋은 스튜디오 못지않았다. 아무것도 모르는 상두의 눈으로 봐도 꽤 멋드러진 장비들로 보였다.

"아 왔어?"

반갑게 맞이하는 시내에서 만났던 그녀.

황상미 실장이었다.

사장이었지만 아직 사장이라는 호칭이 싫다고 실장이라 부르라고 했다. 하지만 그녀의 쇼핑몰 연 매출은 오십억을 넘어서고 있었다. 단기간 내에 이 정도 매출을 올린 그녀는 꺼져가는 쇼핑몰 업계에 전설로 불리고 있었다.

"옷이 좀 후줄근하다?"

황상미는 상두를 위아래로 훑고 말했다. 어쩌면 기분이 나쁠 수 있는 말에 상두는 고개를 끄덕였다. 가난이라는 것이 불편한 것이지 불행이 아니라고 그는 그렇게 믿고 있기 때문이었다.

"집에 옷이 이런 것밖에 없습니다."

그의 솔직 담백한 대답에 황상미는 웃음을 보이더니 고개를 끄덕였다.

"어쨌든 옷발이 사니까 보기는 나쁘지 않네."

황상미 주변으로 많은 사람이 있었다.

아무래도 스타일리스트와 회사 관계자인 것 같았다. 모두
가 여성들이다 보니 그렇게 위압적인 모습들은 아니었다. 하
지만 여자들에게 이렇게 본격적으로(?) 둘러싸여 있으니 상
두는 조금 불편한 것이 사실이었다.

황상미는 상두에게 포즈를 취하게 했다.

"이렇게 말입니까?"

상두의 포즈는 처음에는 어색했다. 그는 나무막대기처럼
뻣뻣했고, 마네킹처럼 자연스럽지 못했다. 그 모습에 황상미
는 인상을 찌푸렸다.

"좀 제대로 못 하니?"

그녀의 꾸지람에 상두는 약간의 승부욕이 발동했다. 무슨
일이든 최고가 되어야 하는 그의 성격 탓이다.

그는 그녀가 원하는 대로 악착같이 포즈를 취하기 시작했
다. 이내 그의 포즈는 자연스러워졌다.

"오호! 좋은데?"

황상미는 탄성을 질렀다.

전문모델 못지않은 자세가 나오기 시작한 것이다.

"핏이 아주 좋아."

그녀의 말에 상두는 쑥스러워 머리를 긁적였다.

"재능이 있어. 이 정도 재능이라면 순식간에 완판 모델이 될 수 있을 것 같은데? 완판 시키면 보너스도 줄 테니까, 기대하라구."

그녀의 말에 상두는 즐거움이 한층 더해졌다.

촬영이 끝났다.

황상미는 자신이 찍은 사진을 노트북으로 확인했다.

"괜찮은데?"

그녀의 칭찬에 상두도 슬쩍 바라보았다.

추레한 옷이었지만 그의 포즈와 외모에 버무려져 사진 기술까지 더해지니 연예인 사진 못지않았다.

"이 정도면 완전히 훌륭해. 당장 다음 주에 사진을 찍도록 하자구. 아니, 아니. 지금 찍는 건 어때?"

그녀의 제안에 상두는 고개를 끄덕였다.

"일당은 쳐주시는 겁니까? 그럼 오늘 바로 찍겠습니다."

그의 말에 황상미는 잠시 인상을 찌푸렸다.

고등학생이 처음부터 돈을 요구하니 그리 좋은 인상은 아니었다. 하지만 그녀의 눈에 비치는 상두의 눈빛은 절박함이 가득했다. 무언가 사정이 있는 것이 분명했고, 유흥비로나 쓰려는 그런 눈빛은 아니었다.

"원래 일당제니까 뭐. 뭔가 사정이 있나 봐? 오늘이나 내일

입금해줄게."

"감사합니다."

그는 고개를 숙여 깊이 인사했다. 정말로 고마움이 묻어나는 인사였다.

"뭐 그런 것 가지고."

황상미는 그렇게 말하고 준비를 시작했다. 그녀의 준비 신호에 많은 스텝이 분주하게 움직였다.

*　　　*　　　*

황금 같은 일주일이 지났다.

방학은 끝나고 이제는 다시 등교를 해야 하는 상황이다.

이제 학교에 가는 것이 익숙해지다 못해 완전히 몸에 익었다. 익숙해질수록 이상하게도 월요일만 되면 학교에 가기 싫어졌다. 월요병이 생긴 것이다. 그 역시 이제 이 시대, 이 세상의 인물이 다 된 것이다.

학교에 들어서자 몇몇 여자아이들이 상두를 힐끔힐끔 쳐다보았다. 수군거리는 소리를 들어보니.

"쟤 맞지?"

"그래, 그 사이트 품절된 거기 모델 말이야."

아무래도 쇼핑몰 관련 이야기를 하는 것 같았다. 그 아이들에게는 상두가 조금 달라 보이는 것 같았지만 직접 나서서 이야기하지는 않았다. 아무래도 김동준을 제압한 일도 있고, 폭주족과의 연관된 소문이 돌다 보니 무서운 것이 사실이었다.

그래도 예전처럼 상두를 왕따시키는 것은 없었다. 가끔 다가와 말을 걸어주는 아이들도 있었고 무서워하기는 했지만 오히려 예전보다는 호의가 깃든 모습들이었다.

학교 수업을 마치고 상두는 서둘러 어머니께로 달려갔다. 이제 마무리할 시간이었다. 평소에 장사는 도와주지 못해도 마무리할 때는 도와줘야 하지 않겠는가.

전화가 왔다.

휴대폰을 열고 전화를 받자 익숙한 목소리가 들려왔다.

—박상두 군~

황상미였다.

그녀의 통화에 상두는 의아했다. 무슨 일인가 싶은 것이다.

—이번에 상두가 피팅한 옷이 완판됐어. 그래서 보너스를 줄까 싶은데~

상두는 놀랐다.

완판이라면 모두 팔렸다는 말이 아닌가? 그렇게만 된다면 보너스를 준다는 말을 흘려 들었는데 사실이었다. 일당 이십만 원에 5일 동안 일해 백만 원을 받았는데 보너스까지 더하면 어머니께 도움이 될 것이다.

전화를 마친 그는 기쁜 마음으로 달려갔다.

그 역시 금전을 벌 수 있었다. 어느 정도 어머니의 노고를 덜어 줄 수 있다는 생각에 그는 너무도 기쁜 것이었다.

그가 어머니의 노점에 도착했을 때.

"어머니!"

상두의 눈이 커졌다.

어머니는 주저앉아 훌쩍거리고 있었다. 장사에 필요한 기물들이 모두 부서져 있었고, 재료들이 사방으로 널브러져 있었다.

"이게 무슨 일이에요!"

그는 달려들어 그녀를 일으켰다.

"상두야……."

그녀는 아무런 말도 없이 울고만 있었다.

"또 단속반이 왔다간 거예요?"

그의 물음에 그녀는 조용히 고개를 절레절레 흔들 뿐이었다. 사실 단속반은 아니었다. 단속반은 물품을 압수하지만 이렇게 막무가내로 부수지는 않는다.

상두는 일단 주변을 정리했다. 부서지지 않은 기물과 부서진 기물을 나누고, 더러워진 재료를 쓰레기봉투에 담았다. 묵묵히 정리하는 그의 이가 바득바득 갈렸다.

그러는 동안에도 어머니는 아무런 말을 하지 않고 있었다.

아무래도 심한 충격을 받은 모양이었다. 절대로 무슨 일인지 입을 열지 않는 어머니가 답답한 상두는 근처 슈퍼마켓에 다가가 물었다.

"아주머니 왜 이렇게 된 것입니까?"

"건달들이 왔다 갔어. 자릿세 내지 않는다고 이러는구먼."

아주머니의 대답에 상두는 이를 바득 갈았다.

사람들을 등쳐먹는 놈들.

사람들의 눈물을 머금고 사는 놈들.

도대체가 왜 그런 부류의 인간들은 이 세상에서도 저 세상에도 존재하는가.

"각다귀 같은 놈들……."

사람들의 피를 빨아먹는 해충 같은 놈들에게 분노가 치밀어 올랐다. 하지만 지금은 어떻게 그들을 벌할 방법이 없었다. 어떤 놈들인지도 모르니 아지트도 모른다.

"언제든지 걸리기만 해봐라."

그는 주먹을 꼭 쥐며 복수를 다짐했다.

상두는 리어카를 끌었다.

어머니는 뒤에서 밀었다. 워낙 과묵하신 분이지만 오늘따라 말이 더 없었다. 아무래도 충격이 심한 것 같았다.

"어머니……."

상두가 문득 어머니를 불렀다.

"왜 그러니……?"

그녀의 대답에 상두는 헛기침을 하고 되물었다.

"저 학교 그만두는 것이 좋지 않겠습니까?"

어머니는 한참을 대답하지 않았다. 사람을 기운을 읽을 수 있는 상두는 그녀가 지금 약간 화가 나 있다는 것을 알 수가 있었다.

하지만 그렇다고 상두 역시 쉽게 말하는 것은 아니었다. 이 세상에서 공부도 중요하지만 그렇다고 가정의 형편을 등한시할 수는 없지 않은가.

"내가 그런 말 하지 말라고 했잖아."

그와 반대로 어머니는 상두가 자꾸만 학업을 포기한다는 소리가 마음에 들지가 않았다. 아무리 그녀가 힘들게 산다고 해도 자식만은 공부를 시키고 싶은 것이었다. 물론 그녀만의 생각은 아니다. 이 나라 모든 부모의 생각이기 때문이다.

"통장 받으세요. 저 이제 피팅모델하면 어머니 돈 걱정 안 하셔도 될 것 같습니다."

"그만해라. 엄마 정말 화나려고 그런다. 학생이 공부를 해야지."

또다시 말을 막았다.

하지만 상두는 어머니의 고생을 더 이상 보고 싶지 않았다. 자신을 위해서 자꾸만 고생하고 살아가는 것이 송구스럽게 껴진 탓이다.

사실 그는 친자식도 아니지 않은가…….

"다음에 또 그 자식들이 공격을 가하면 자동차 번호라든지 실마리가 될 만한 것들을 기억해주세요. 제가 어떻게든 처리하겠습니다."

"아서라, 이놈아. 네가 그 악독한 놈들에게 무얼 할 수 있다는 말이냐."

그렇게 두 모자의 리어카가 달동네의 언덕을 천천히 올라갔다. 하지만 상두는 오늘따라 이 리어카가 무던히도 무겁게 느껴졌다.

*　　*　　*

'꼭 이런 데 와야 하나…….'

상두는 시끄러운 음악에 질려 자리에 가만히 앉아 있었다.

아주 다소곳하게.

시끄러운 음악이 일렁이고 많은 사람이 모여 있는 이곳은 클럽이었다.

사람들이 어우러져 술을 마시고 춤을 추고 있었다. 하지만 금욕적인 삶을 살아가는 상두는 이 분위기가 너무도 낯설고 적응이 되지 않았다.

"청소년이 이런 곳에 와도 되는 겁니까?"

상두의 FM적인 말에 그녀는 웃음을 보였다. 지나치게 경직되어 있는 그가 귀여워 보이는 것도 사실이었다.

"뭐 어때, 걸리지만 않으면 되지."

그녀의 한심한 대답에 상두는 고개를 절레절레 흔들었다. 이 나라는 무엇이든지 안 걸리면 시쳇말로 '장땡'이었다.

'후우… 이런 곳은 정말…….'

상두는 한숨을 내쉬었다. 이곳이 좋고 나쁨을 떠나서 위화감이 느껴졌다. 명품을 옷을 두르고 하루에 수십 수백을 이곳에 쓰는 사람들…….

돈 만 원을 벌기 위해 몇 시간을 노점에서 일하는 어머니…….

이 세상은 그가 살던 세상보다 더 불공평했다.

돈이 사람을 만들고, 돈이 계급을 만들고, 돈이 세상을 만든다.

"여기 가만히 있기만 할 거야?"

우울해하는 그를 황상미가 일으켜 세웠다. 상두는 얼결에 일어났다.

"춤 좀 추라고."

하지만 난감했다.

상두는 춤이라고는 춰본 역사가 없었다. 하지만 이대로 꿔다 놓은 보릿자루가 되고 싶지는 않았다. 어색하게 가만히 서 있는 것도 좀 이상하지 않는가?

그는 주변을 살폈다. 사람들이 춤을 추는 모습을 유심히 바라보았다. 그리 어려운 몸짓은 아니었다.

그는 그들의 모습을 조금씩 따라 했다. 리듬이 슬슬 타졌고 춤사위는 점점 멋있어졌다. 이제는 몸짓을 응용해서 다른 춤사위를 개발하기까지 했다.

'격투하는 것하고 별반 다를 게 없잖아.'

그는 그렇게 몸을 움직였다.

그의 주변으로 여자들이 모여들어 몸을 부비적거렸다. 상두는 그것이 부담스러웠지만 워낙 사람들이 많다 보니 어디로 피할 수도 없었다.

한참 동안 그런 그를 '매의 눈'으로 바라보는 사람이 있었다. 그의 눈은 마치 보석을 발견한 사람 같았다.

한참을 춤사위를 뽐내던 상두는 사람들이 없는 복도로 나아갔다.

"후우……. 답답하고 지친다."

더 이상 이곳에 있다가는 답답해 미칠 것만 같았다. 복도로 나오니 숨을 돌릴 만했고 큰 호흡을 했다.

"이런 밀폐된 공간에서 몸을 움직이는 것이 뭐가 좋다는 건지."

그는 고개를 절레절레 흔들었다. 돈을 내고 이런 곳에서 시간을 보내는 사람들이 그는 절대 이해를 할 수가 없었다.

"잠깐 나와 이야기 좀 할까?"

누군가가 상두를 부른다.

무심코 뒤를 돌아보니 턱수염을 염소처럼 기른 남자가 보였다. 상두를 계속해서 유심히 바라보던 자였다.

그는 다짜고짜 상두에게 명함을 내밀었다.

"난 이런 사람이야."

명함에 적힌 것은 우리나라 최고의 매니지먼트 회사 'SF 엔터테인먼트'!

하지만 상두가 그것을 알 리가 없었다.

"그래서 뭡니까?"

상두는 퉁명스럽게 대답했다.

남자의 인상이 약간 굳어진다. 남자는 상두의 태도에 불쾌감을 느낀 것이다. SF라고 하면 자타공인 최고의 매니지먼트 회사고 한류의 주역이 아닌가! 그런 회사의 명함을 받아 들고도 퉁명스럽게 대답하는 그의 모습이 일견 불쾌하게 느껴지기도 했다. 하지만 그런 '시크함'이 오히려 상두의 장점으로 보이는 것도 사실이었다.

"자네 가수 한 번 해보지 않겠나?"

"가수 말입니까?"

가수라는 말에 상두는 고개를 절레 흔들었다.

가수는 노래를 부르는 사람이다. 하나 그는 노래와는 전혀 인연이 없는 사람이었다. 이 육체도 영혼도 노래와는 전혀 맞지 않은 인물이라고 단정 짓고 있는 그였다.

"저는 노래를 못합니다."

"그런 것은 상관없어. 어차피 자네의 외모와 춤 솜씨 때문이니까. 생각 있으면 연락 줘."

그리고 남자는 뒤돌아섰다.

"대체 뭐지?"

상두가 고개를 갸웃거렸다. 상두는 도무지 이해가 되지 않았다. 어떻게 가수가 노래가 아닌 외모와 춤 솜씨로 가능하단 말인가?

"뭐야?"

황상미가 다가왔다.

"어떤 남자가 이것을 주더군요."

상두가 명함을 내밀자 그녀는 놀란 듯 눈을 크게 떴다.

"이 회사 사람인 게 확실해?"

"제가 알 수가 있나요."

"사실이라면 엄청난 일이네……."

황상미는 계속해서 놀란 듯 보였다. 상두는 그녀가 왜 이렇게 호들갑을 떠는지 도무지 알 수가 없었다.

"대체 왜 그렇게 호들갑이십니까?"

"몰라? SF엔터테인먼트가 어떤 곳인지?"

"모릅니다."

"우리나라 최고의 음반 제작사야. 너 참 대단하긴 대단하네."

그녀의 말에 상두는 고개를 갸웃거렸다. 아직도 감이 제대로 안 잡히는 것 같았다. 이 세계의 연예계라는 것이 아직도 잘 이해가 되지 않았던 것이다. 어쨌든 그는 황상미에게 입을 열었다.

"돌아가 봐야겠습니다."

"왜? 이제 신 나는데."

"어머니 도와야 합니다. 스텝 분들께도 그렇게 알려주십시오."

상두의 말에 그녀는 고개를 끄덕였다. 어머니를 돕는다는 효자의 말을 어떻게 무시할 수 있겠나.

"그래 빨리 가봐. 내가 너무 내 욕심만 부렸나 보네. 정말 상두 군은 훈훈한 청년이라니까."

시끄럽게 들떠 있는 클럽에서 상두는 빠져나왔다.

어머니를 도와야 한다는 이야기를 하니 쉽게 보내주었다. 상두는 스텝들에게 완전히 효자로 알려져 이미지 역시 더 좋아졌다.

"후우…… 정말 답답하네……."

그는 클럽에서 나오니 답답했던 가슴이 뻥하고 뚫리는 느낌이었다.

"도대체가 저런 곳이 뭐가 좋다고……."

고개를 갸웃거리는 상두는 잠시 무언가 불안한 기분이 들었다.

"뭐지 이 기분은……."

아무래도 어머니에게 좋지 않은 일이 생긴 것 같았다. 그렇게 느껴지고 있었다. 이것은 마음이 아닌 몸으로 느끼는 두려움이었다.

상두는 다음날 무리를 해서 새벽에 출발했다. 서울에서 구미까지는 새벽에 출발을 해야 어머니가 일할 시간에 맞춰서 도착할 수 있을 것 같았기 때문이다.

버스를 타고 가는 내내 불안했다.

어떻게 구미에 도착했는지 모른다. 구미 터미널에 도착해서 어머니의 일터로 가는 상두의 마음은 착잡했다.

"아니!"

그의 눈에 들어온 것은 어머니의 노점을 마구 부수고 있는 건달들이었다. 그들은 각목과 알루미늄 배트까지 들고서 어머니를 위협했다.

"이봐, 아줌마. 우리가 분명히 돈 준비해 놓으라고 했지?"

건달 중 하나가 어머니의 멱살을 거머쥐고 흔들었다. 상두는 화가 치밀어 올랐다.

"이 미친놈들!"

그는 빠르게 건달들에게 달려들었다. 도대체 그들은 부모님도 형제도 없는가? 건강하지 않은 중년의 여성에게 어쩌면 저렇게 우악스럽게 대할 수가 있단 말인가!

당하고 있는 사람이 어머니여서가 아니었다. 이렇게 약한 자를 괴롭히는 놈들을 상두는 아니, 상두의 영혼 카논은 절대로 용서할 수가 없었다.

하지만 그는 마스터다. 이런 상황이라고 하더라도 냉정을 찾아야 한다. 지난번 폭주족들에게 썼던 방식을 사용해야 했다. 하지만 좀 더 과격할 것 같았다.

그는 리더로 보이는 자를 향해 달려들었다. 그자만 흠씬 두들겨 팼다.

몸에서는 범접할 수 없는 아우라가 풍겼고 주변의 건달들은 '형님'이 두들겨 맞는 모습을 그대로 바라봐야만 했다. 볼 수밖에 없었다.

"그만해라……. 그만해……."

상두의 어머니가 그의 피로 물든 주먹을 매만졌다. 그리고 어디선가 신고를 했는지 경찰차가 사이렌을 울리며 다가

왔다.

상두는 그제야 정신을 차릴 수가 있었다.

건달은 거의 정신을 잃을 정도가 되어 숨을 헐떡거리고 쓰러져 있었다.

모두가 피투성이.

그들의 눈인 겁에 질려 있었다. 건달생활 동안 이렇게 크게 당한 것은 그들도 처음일 것이다.

"헉… 헉……."

숨을 헐떡거리는 상두는 그의 주먹을 바라보았다.

피가 묻었다.

더러운 각다귀의 피가…….

"젠장……."

그는 이 더러운 피를 쓰러져 있는 건달의 하얀 셔츠에 닦아냈다.

"모두 꼼짝 마."

경찰들은 쓰러진 건달들을 일으켰다. 다행히 크게 다치기는 했지만 모두 정신을 잃거나 하지는 않았다.

"아주 지독하게도 당했구만."

경찰들은 한마디씩 했다. 그리고 그들을 모두 경찰차에 태웠다.

"학생도 따라와!"

물론 상두도 마찬가지였다. 일단은 이 모든 이들을 쓰러뜨린 자가 상두일 것이 확실했으니.

"아이고, 선생님. 우리 아이는 안 됩니다."

상두의 어머니가 매달렸다. 사정은 대충 알겠으나 경찰들도 어쩔 수가 없었다. 이렇게 사람을 두들겨 팼으니 일단은 경찰서에 끌려가야 했다.

파출소로 가는 내내 상두는 멍하니 차창 밖을 바라보았다.

이해할 수가 없었다.

해충 같은 자식들을 묵사발 냈다고 왜 그마저 잡혀가야 하는가?

그의 세상에서는 절대로 있을 수 없는 일이었다. 물론 마스터라는 그의 명성 때문인 경우도 많았지만 정의로운 주먹은 해를 입지 않는 곳이 바로 그곳이었다.

하지만 이곳은 그곳과는 달랐다.

파출소에 도착한 상두는 조서를 써야 했다.

이름과 사는 곳 학교 이름까지 꼼꼼하게 작성해야 했다. 형사는 그의 머리를 서류철로 툭툭 내려쳤다. 그럴 때마다 상두는 그를 노려보았다.

엄청난 살기.

"이놈 눈빛 보소."

경찰은 잠시 움찔했다. 그의 눈빛에 압도된 것이다.

"여러 정황상 저 자식들이 잘못했구만. 하지만 학생도 저렇게 떡을 만들면 어쩌나."

경찰의 말에 상두는 헛웃음을 보였다.

"보내줘."

한 경찰이 나섰다.

머리가 희끗희끗한 그의 말에 조서를 꾸미던 경찰은 그를 돌아보았다.

"선배님, 무슨 말씀이십니까?"

"일단 전과가 없는 학생이고, 저놈들이 분명히 시비를 걸었겠지. 학부형도 와 있으니 이만 보내줘."

그의 말에 조서를 꾸미던 경찰은 고개를 끄덕였다.

이런 학생을 잡아둬서는 무엇하겠나. 다 저 버러지 같은 놈들이 문제가 아닌가. 사람에게 벌을 주는 것이 능사가 아니라 새 삶을 살 수 있도록 도움을 주는 것이 중요할 것이다.

"오늘은 그냥 보내주는데 다음부터 이런 사고 치면 우리도 어떻게 할 수가 없어."

경찰의 말에 상두는 일어나 고개를 숙여 인사했다.

밖으로 나가니 어머니가 침통한 얼굴로 의자에 앉아 있는 것을 볼 수가 있었다.

상두를 올려다보는 그녀의 눈빛이 다르다. 혼란스러운 눈빛이었다.

"진짜 상두니······?"

그렇게 생각할 수밖에 없을 것이다. 예전 상두는 싸움이라고는 알지 못하는 그런 아이였다. 그런데 이렇게 짐승같이 주먹질을 하는 모습을 보니 혼란스러울 수밖에 없었다.

"설악산에서 돌아올 때부터 이상했어."

"무슨 소리세요, 어머니······."

"정말··· 넌 누구니······?"

어머니의 말에 상두는 어떠한 말도 할 수가 없었다. 말문이 그대로 막혀 버렸다.

'그래······. 이 몸은 원래 내 몸이 아니니까······.'

그렇다······.

그의 몸은 상두이지만 영혼은 아니니까······.

한동안 상두의 생활을 하면서 그는 자신을 상두라고 생각하고 살아왔다. 아니 상두 그 자체였다. 이런 이야기를 들으니 그는 다시금 현실을 깨닫게 되었다. 하지만 사실대로 말할 수는 없었다. 그렇다고 믿을 수 있는 것도 아니었고, 알아서 좋을 것도 아니었다. 당신 아들의 영혼은 이제 없다라고 말해서 좋아질 게 무엇이 있겠나.

"엄마··· 나 상두 맞아."

"······."

"내가 너무 찌질해서··· 그래서 나를 좀 바꿔 보려고 했던 거야, 엄마. 이제… 이제 다시는 사고 치지 않을게…….”

상두는 최대한 진짜 상두처럼 이야기했다. 그동안 카논의
말투를 고수했지만 이제 바꿀 때도 되었다.

“가자……. 어쨌든 배고프지……?”

그녀는 믿어주기로 했다.

어차피 그녀의 눈앞에 있는 아이는 상두가 맞으니까.

집으로 돌아온 상두는 자리에 누웠다.

“난 누구지……?”

이제 그는 그가 누구인지 알 수가 없었다.

영혼은 카논이지만 몸은 상두.

처음으로 정체성에 혼란이 느껴졌다. 그것은 어머니의 말
때문이리라.

“나의 영혼은 카논이다. 하지만 육체는 상두다. 나는 누구
일까. 그래 나는 카논일 것이다. 아니……. 상두일 것이
다…….”

혼란의 혼란.

하지만 지금 그가 내릴 수 있는 결론은 하나뿐이었다.

“그래… 상두로 사는 거야, 철저히…….”

그는 그렇게 다짐했다.

그 방법밖에는 없었다.

어차피 그의 세계로 돌아갈 방법은 없다. 그리고 상두의 육체를 입었다. 이 육체로는 돌아갈 수도 없다.

그렇다면 상두로 살아갈 수밖에 방법은 없었다.

"어쨌든 그 녀석들은 가만히 둘 수가 없다."

정체성도 문제였지만 지금 당면한 가장 큰 문제는 건달들이었다. 분명히 오늘 잡혀간 자들이 다가 아닐 것이다. 세력을 이루고 있는 것이 분명하다. 그렇다면 보복을 하러 올 것이 확실하다. 어떻게든 해결해야 뒤끝이 깨끗할 것이다.

CHAPTER 08
버러지

상두는 학교에 나가지 않았다.

불량배들의 일을 해결하기 위해서였다. 학교 선생님에게 전화를 하고 아프다는 핑계를 대었다.

"오늘은 일을 나가지 않는 게 어때요, 엄마?"

상두의 말에 어머니는 고개를 가로저었다.

"무슨 소리냐. 하루 벌어서 하루 먹고사는데 일을 안 나가면 어쩌라는 거야."

그녀는 약간은 신경질적으로 말하고 밖으로 나갔다. 아무래도 학교에 나가지 않는 아들이 탐탁지 않은 것 같았다.

'후우……. 미움 받는 건가.'

절대로 그럴 리는 없지만 어머니의 반응에 상두는 좀 의아한 것이 사실이었다.

어머니가 나가고 상두는 어떻게 일을 처리할까 고민 중이었다. 무작정 밖으로 나간다고 도움이 될 리가 없었다. 일단은 정보를 모으는 것이 중요했다. 하지만 혼자서 하루 안에 그들의 정보를 모을 수 있을 것 같지는 않았다.

"뭐 잡힐 때까지 학교는 못 가는 거지."

어머니와 사이가 나빠질 것 같았지만 그래도 상두는 그놈들을 그대로 둘 수가 없었다. 학교에 며칠 빠질 각오를 하고 있는 것이다.

"상두야."

고민 중에 누군가의 목소리가 들렸다.

"이 시간에 누구지? 설마?"

이것은 그의 짝 수민의 목소리였다. 하지만 그녀는 지금 학교에 있을 시간이다. 이곳에 올 리가 없었다. 상두는 이상하다 싶어 대문을 열었다.

"아니, 너희가 왜?"

수민뿐만이 아니었다. 동준도 함께 와 있었다.

지금은 학교에 있어야 할 시간.

"학교에는 안 가고 도대체 무슨 일이야?"

그의 말에 수민은 고개를 끄덕였다.

"네가 학교에 안 나왔길래 외출증 끊고 나왔어."

"그게 그렇게 쉽게 되나?"

상두는 이상한 듯 고개를 갸웃거렸다. 교칙이 강한 학교에
서 어떻게 이렇게 쉽게 외출이 가능한가? 그의 궁금증을 풀어
주려는 듯 동준이 나섰다.

"네놈하고 우리는 질이 다르지. 모범생이니까."

"모범생?"

상두는 동준의 말에 코웃음을 보였다. 친구들을 괴롭히고,
사람도 죽이려 했던 녀석의 입에서 나오는 소리라고는 생각
할 수가 없었다.

"아픈 건 아닌가 보군. 나는 이만 돌아가야겠다."

상두의 안위를 확인한 동준이 가려고 하자 수민이 그의 팔
을 잡았다.

"무슨 일인지 확실히 듣고는 가야 될 거 아니야."

그녀의 말에 동준은 고개를 절레 흔들더니 대문 옆에 섰다.

"오늘 왜 학교에 안 나온 거야?"

그녀의 물음에 상두는 한숨을 내쉬었다.

"그게 어떻게 된 거냐면……."

그는 지금까지의 일을 설명했다. 수민은 고개를 끄덕이며
들었고, 동준은 팔짱을 낀 채 아무런 말을 하지 않고 있었다.

상두는 이야기를 모두 마치고 아이들에게 말했다.

"이제 너희는 학교로 돌아가. 대학 들어가는데 문제 생길라."

그의 말에 수민은 곰곰이 생각하는 듯하더니 입을 열었다.

"우리도 도와줄게."

그녀의 말에 동준이 눈살을 찌푸리며 말했다.

"왜 거기서 우리라는 말이 나와. 나는 학교로 돌아갈 거야."

그러자 수민이 눈을 동그랗게 뜨고 말했다.

"길가에 아픈 동물도 도와주는 게 사람이야. 그런데 같은 반 친구가 어려움에 처했는데 도와주지 않겠다는 거야?"

"누가 친구래."

동준은 같이 다닐 생각이 없는 것 같았다.

"위험한 일이야. 도와준다는 말은 고맙지만 학교로 돌아가는 게 좋겠어."

상두 역시 수민을 말리고 들었다.

"하지만 나는 그냥 두고 볼 수 없어. 동준이 너 그렇게까지 쓰레기로 안 봤는데 너무한다."

수민의 말에 동준의 눈동자가 커졌다.

"이 찌질이 같은 년이! 요즘 인기가 좀 많아졌다고 막 나간다?"

동준의 말에도 그녀는 지지 않고 말했다.

"너도 상두 도와주려고 같이 온 거잖아!"

그녀의 말에 동준의 눈동자에 힘이 사라졌다. 그 역시 사실 그런 이유로 따라온 것이 맞았다. 그렇지 않고 이렇게 쉽게 따라올 리는 없었을 것이다.

"뭐, 그렇지만! 딱히 상두 저 자식을 위한다기보다는 내 자존심을 회복하기 위해서야."

그의 말에 수민은 고개를 끄덕였다. 역시 그는 상두를 도와줄 마음이 있긴 한 것이었다.

"자존심 회복이고 뭐고 일단 도와줄 거지?"

동준은 인상을 찌푸리더니 한참을 생각했다. 조폭과 관련된 일이니 고민될 수밖에 없었다. 하지만 그의 아버지는 국회의원이다. 그에게 문제가 생기면 분명히 아버지가 도와줄 것이다.

그는 마음을 결정하고 고개를 끄덕였다.

"우리는 이렇게 결정했어, 상두야."

수민의 막무가내 행동에 상두는 인상을 찌푸렸다.

이런 어린 친구들과 다녀봤자 오히려 그에게는 귀찮음만 더할 것이다. 혼자서 돌아다니는 편이 나을 텐데…….

상두는 수민을 한번 바라보았다.

그녀의 눈은 절대 포기할 것 같지 않은 눈빛이었다. 이런 눈빛의 인간은 무슨 일이 있어도 포기하지 않는다.

"알았어. 하지만 절대 위험한 행동을 하면 안 돼. 알았지?"

상두의 말에 수민은 고개를 끄덕였다. 하지만 상두는 절대 마음이 놓이지 않았다. 수민은 여자이고, 동준이 싸움을 잘한다고는 하지만 그래 봤자 고등학교 이상은 되지 않는다.

이들의 조폭들을 감당할 리가 만무했다. 그는 한숨을 내쉬며 앞서 나아갔다.

세 사람은 다시 만날 장소와 시간을 약속했다. 마치 아이들에게 이야기하는 아버지 같은 느낌이었다.

"절대 위험한 행동을 해서는 안 돼. 발견 즉시 나에게 연락을 주고."

두 사람은 고개를 끄덕였다. 하지만 동준의 표정은 그리 좋지가 않았다. 무시당했다고 생각했던 것이다.

"자, 가자."

일단 동준과 수민이 함께하기로 했다. 수민은 상두와 함께하고 싶었지만 혼자 다니는 것이 편하다는 상두를 배려한 것이다. 그리고 두 명이 다닌다면 서먹해서 일을 제대로 하지못할 것이라는 상두의 계산도 깔려 있는 것이었다.

편안해진 상두는 이리저리 돌아다녔다.

일단 주변의 양아치로 보이는 자들을 탐문 수색하기로

했다.

조폭들을 탐문하기보다는 양아치들을 탐문하는 것이 일단 중요하다. 일단 조폭이 누군지 알 수도 없을뿐더러 괜히 조폭들을 조사하다 보면 충돌이 생길 것이다.

그렇게 되면 괜스레 이곳의 조직과 안 좋은 일에 휘말릴 것이다. 양아치들은 보통 행색이 그에 걸맞기 때문에 찾기도 쉬웠다.

양아치들은 상두를 보자 대부분 무시하는 듯했다.

"뭐야, 이 자식은?"

몸이 좋다고 해도 앳되어 보이는 녀석이 다가와 말을 거니 당황스러울 수도 있었다.

양아치들에게는 힘의 논리가 통한다. 상두는 그들에게 완력을 행사했다. 순식간에 모두 쓰러지고, 그들은 상두에게 정보를 제공할 수밖에 없었다.

그렇게 수십 명의 양아치들을 '족치고' 다녔다. 상두도 슬슬 지쳐갔다.

"흠······. 박스파, 타이거파, 고대파라······."

일단 이 지역에서 가장 유력한 조직은 이 3개의 파라고 한다. 나머지 자잘한 조직이 있기는 하지만 자릿세를 요구할 정도로 큰 조직은 이 정도라고 한다.

"도대체 어떤 놈들이지······."

유력한 조직이 고작 해야 한 개 정도 있을 줄 알았던 상두
는 난감했다. 이런 중소도시에 이렇게 큰 조직들이 몇 개나
있다니…….

그래도 치안이 좋은 것을 보면 신기할 따름이었다.

"조폭들과 접촉을 해야 하나……."

하지만 그것은 절대로 안 된다.

괜히 긁어 부스럼이 되는 수가 있었다. 좀 더 신중할 필요
가 있었다.

"그런데… 지금 와서 신중한 게 무슨 소용이야. 3개의 조직
모두를 박살 내면 되는 거야."

상두는 그렇게 생각했다. 하지만 아무리 상두라고 해도 그
것은 과한 욕심일 수 있었다. 카논의 육체라면 수 초만에 가
능한 일이지만, 상두의 육체로는 죽음을 무릅써야 할 것이다.

전화가 왔다.

"여보세요."

수화기에서 흘러나오는 목소리는 동준이었다. 그의 목소
리는 떨리고 있었다.

"무슨 일이야?"

—수민이 잡혀갔다.

"뭐!"

상두는 놀라고 말았다.

그렇게 조심하라고 일렀건만… 그는 전화를 끊고 동준에게로 달려갔다.

자초지종은 그랬다.

조직을 캐고 다니다가 조폭으로 보이는 자들에 의해 납치되었다는 정황이었다.

"이자식!"

상두는 동준을 발견하자마자 그의 멱살을 거머쥐었다. 동준은 반항도 하지 않고 그의 멱살에 잡혔다.

"수민이가 납치될 때까지 네 녀석은 뭐하고 있었어!"

"씨발! 고등학생이 조폭을 어떻게 이겨!!"

그의 말도 맞았다.

틀린 말 하나도 없었다. 아무리 주먹이 강하다고 해도 고등학생은 고등학생. 조폭의 위협에 당할 수밖에 없었다.

"어떤 놈들이 끌고 갔어."

"고대파라고 하던데……."

그는 동준의 멱살을 놓고 빠르게 뛰어갔다. 동준 역시 그의 뒤를 따라 빠르게 내달렸다.

상두는 양아치들을 캐고 다니며 고대파의 보스가 있다는 빌딩을 알게 되었다. 일단 그곳으로 향하고 있었다.

한마음 빌딩

꽤나 큰 빌딩 앞에 선 상두는 이죽거렸다.

"빌딩 이름 한번 촌스럽군."

그의 눈에는 분노가 이글거렸다. 아무리 각다귀 같은 놈들이지만 여고생을 납치하다니······.

"용서할 수 없다."

그는 주먹을 강하게 쥐었다. 너무 강하게 쥐었는지 주먹에서 피가 흐를 정도였다.

그가 입구로 나아가자 검은 옷을 입은 자들이 그를 막아섰다.

"뭐야?"

그들은 좋게 그를 쫓아 보내려는 듯 어슬렁거리며 다가왔다. 순간 그들의 목덜미로 날아드는 날카로운 수도!

그들은 비명을 토할 틈도 없이 그대로 쓰러져 기절했다.

순식간의 일이었다. 동준의 눈동자가 커졌다. 상두가 강하다고 생각은 했지만 이정도일 줄은 몰랐던 것이다.

비명 소리에 놀란 조직원들이 줄지어 나왔다. 그들은 상두와 쓰러진 조직원을 번갈아 바라보며 당황했다. 도무지 이해가 되지 않는 상황이었다.

"이자식이!"

그들은 상두를 향해 달려들었다.

"죽고 싶으면 덤벼!"

상두의 외침에 그들은 움찔했지만 앳되어 보이는 애송이에게 겁먹을 그들이 아니었다.

그들은 빠르게 달려 들었다.

하지만 그 방심이 그들의 실책이었다.

모두 상두의 날카로운 주먹에 그대로 피를 토하며 꼬꾸라졌다.

"보스에게 안내해라."

상두는 아직 의식을 잃지 않은 한 놈의 머리채를 잡고 일으켰다. 그리고 질질 끌고 갔다. 그렇게 복도와 복도를 이동하는 중에도 수많은 조폭이 그의 앞을 막아섰다.

하지만 모두 주먹 한 방에 쓰러졌다. 따라가면서도 동준은 놀라움에 눈을 크게 떴다. 두려움까지 느껴질 정도였다.

그들이 향한 곳은 회장실이라고 적힌 방.

"회장? 웃기고 있네."

상두는 문을 박차고 들어갔다.

"이 나쁜 놈들……! 아…….."

상두는 당황했다.

"뭐, 뭐야……."

상두는 식은땀이 흘렀다.

그의 앞에서 수민이 중국 음식을 먹고 있었다. 전혀 다치지도 않았고, 오히려 편안해 보이는 그녀였다.

"상두야?"

그녀가 상두를 발견하고 반갑게 불렀다. 당황한 상두는 그의 손에 잡은 머리채를 놓았다.

"네가 그 상두라는 놈이냐?"

소파의 상석에는 나이가 지긋한 중년의 남자가 근엄한 표정으로 상두를 바라보았다. 중년 남자의 말에 상두는 대답하지 않았다. 수민이 대답했다.

"응, 맞어, 아빠."

'아빠?'

상두는 당황했다. 그렇다면 이 고대파의 보스가 수민의 아버지란 말인가? 전혀 그런 낌새를 알아차리지 못했다. 마치 공주 같은 이미지의 수민이 조폭 보스의 딸……?

"일단 앉아라."

보스의 말에 상두는 그를 노려보았다. 아무래도 이 상황이 이해가 잘되지 않는 듯 했다.

"앉으래두."

보스는 그렇게 말하고 담배를 입에 물었다. 그러자 수민이 담배를 빼앗아 구겨 재떨이에 버렸다.

"내가 있는데도 피울 거예요?"

"아아, 미안하다, 미안해."

이런 분위기에 상두는 풋 하고 웃음을 터뜨렸다. 그리고 자리에 앉았다.

"핏덩이가 아주 담이 크구나. 여기까지 오려면 우리 아이들 여럿은 쓰러뜨려야 했을 텐데."

"쉽더군요."

상두의 말에 보스는 화를 내지 않고 오히려 크게 웃었다. 자신의 수하들이 당했는데도 웃고 있다면 바보거나 그릇이 큰 사람이거나 둘 중의 하나이다.

"수민이가 반할 만하구나."

"무슨 소리야, 아빠!"

수민의 얼굴이 붉어졌다.

"자릿세를 뜯는 놈들을 찾고 있다지?"

단도직입적으로 묻는 보스. 상두는 고개를 끄덕였다. 고맙게도 수민이 먼저 모든 말을 다 해놓은 상태인 것 같았다.

"아직도 그런 전근대적인 일을 하는 놈들이 있지. 하지만 이제 이 일도 비즈니스야. 사업체를 제대로 이루지 못하면 무너지지."

"말 돌리지 마십시오. 아무리 수민이 아버지의 조직이라고 해도 우리 어머니에게 해를 끼쳤다면 가만두지 않을 겁니다. 어머니뿐만이 아닙니다. 영세한 상인들에게 가혹한 짓을 했다면 용서치 않을 겁니다."

상두의 눈에서 불이 뿜어져 나왔다.

보스는 그 모습에 껄껄 웃고 말았다. 살인자, 강도를 다루는 형사들도 움찔한 눈이다. 이런 눈빛도 받아넘기는 이 수민의 아버지라는 자는 그릇이 큰 자임에 분명했다.

상두는 이런 자가 그런 소인배나 하는 짓을 할 거라는 생각이 들지 않았다.

"내가 아무리 검은돈을 먹고 사는 놈이지만 절대로 영세상인들에게까지 손을 뻗지는 않아. 하지만 그런 놈들이 있지."

"그렇다면 누구죠?"

"박스파."

박스파라면 양아치들을 후리고 다닐 때 들었던 이름이다.

"그쪽에서 그런 짓을 하고 다닌다는 소리를 들었다. 우리 영업에 피해를 주지 않아서 가만히 두고 있었는데… 딸 친구의 부모가 당했다고 하니 나도 가만히 있을 수 없겠구나."

"괜찮습니다. 진위를 확인했으니 이제 저는 가보겠습니다."

"박스파에게로 가려고?"

보스의 물음에 상두는 고개를 끄덕였다. 지금 그곳으로 가지 않으면 어디로 가겠는가.

"혼자서 가능하겠나?"

그의 물음에 상두는 고개를 다시금 끄덕였다. 그런 소인배들은 혼자서도 해결 가능하다.

"밖에 대기하고 있던 아이들을 모두 쓰러뜨렸다고 기고만장해 있는 것 같다만……. 조직의 세계가 그리 만만한 것은 아니야. 그쪽에도 이런 계통에 프로페셔널한 놈들이 있어. 혼자서는 위험하다."

그가 박수를 짝짝 치자 살기가 느껴지는 남자가 다가왔다. 선글라스를 쓰고 있었지만 그의 눈가에는 상처가 깊게 있음을 알 수가 있었다.

"이놈과 같이 가게. 이 아이는 이쪽에서는 프로페셔널이야."

"성의는 감사하지만, 그럴 수는 없습니다. 혼자서 가겠습니다."

"이봐, 어른의 성의를 무시하겠다는 것이냐. 다 아들 같아서 하는 말이야."

상두는 더 이상 거절할 수는 없었다. 호의는 호의로 받아들이는 것이 남자. 상두는 고개를 끄덕였다.

"성의가 고마워 같이 가겠지만, 귀찮게 하면 가만히 두지 않겠습니다."

상두의 말에 보스는 다시금 껄껄 웃었다.

"아주 재밌는 친구야. 껄껄껄. 이 아이가 자네를 인도해 줄

걸세."

상두는 자리에서 일어났다.

"고맙습니다."

상두가 인사하고 밖으로 나가려는 찰나.

"잠깐, 젊은이."

상두가 잠시 멈추고 그를 바라보았다. 상두를 바라보는 그의 눈빛은 상당히 날카롭고 예리했다.

"정말 18살 맞는가? 아무리 봐도 18살이 아니야. 한 서른은 넘은 싸움꾼 같단 말이지."

상두는 찔끔했다.

사실 그의 영혼은 삼십대의 마스터 '카논'이 아닌가. 그것을 그대로 꿰뚫어 보는 보스의 통찰력이 놀라웠다.

하지만 상두는 그저 그의 말을 무시한 채 다시금 목례하고 밖으로 나갔다.

그들이 향한 곳은 시 외곽에 위치한 주류 창고였다.

박스파는 신흥 강호라고는 하지만, 결성한 지 얼마 되지 않는 조직이다. 그렇다 보니 변변찮은 빌딩 하나 없었다.

요즘 자릿세를 거두는 이유도 빌딩을 마련하기 위해서였다. 조직의 관리를 위해서 빌딩 하나는 필수라고 할 수 있을 것이다.

주류 창고 앞에는 두 명의 조직원이 앉아서 노닥거리고 있었다. 경비 역으로 있는 것 같았지만 할 일을 제대로 하는 것 같아 보이지는 않았다. 그것도 그럴 것이 이렇게 험악한 자들이 모여 있는 곳에 어떤 사람들이 다가오겠는가?

　　하지만 가끔은 이렇게 상두와 일행처럼 출입구까지 오는 자들도 있었다.

　　"여."

　　상두를 따라온 조직원이 그들에게 인사했다. 당황한 경비 조직원들은 벌떡 일어나 그를 바라보았다.

　　"너는 '피바다' 박강석!"

　　모두 당황하는 모습으로 보아 박강석이라는 이 조직원은 정말로 이 세계에서는 유명한 자인 것 같았다.

　　"그래 박강석이다."

　　"네놈이 왜!"

　　"그렇잖아도 네놈들 하는 짓거리들이 마음에 들지 않았는데 이참에 조직을 싹 쓸어버리려고 왔다."

　　"뭐야!"

　　경비 조직원이 박강석에게 달려왔다. 그들의 손에는 작은 나이프가 들려 있었다.

　　"남자 놈들이 비겁하게 연장이나 들고 있구나!"

　　박상식의 발차기가 작렬했다!

순간 상대의 손에 들려 있던 나이프들이 공중으로 솟아올라 핑그르 돌더니 바닥에 틱 하고 박혔다.

"버러지 같은 놈들."

그가 빠르게 주먹을 내지르자 두 남자는 비명 소리도 내지르지 못하고 그대로 쓰러졌다.

상두가 보기에도 대단한 실력이었다. 저 정도라면 기술만으로는 그가 살던 세계의 권사 중에서도 중간 이상은 갈 것이다.

"당신 대단한데?"

상두의 말에 그는 코웃음을 보였다.

"어린놈에게 그런 말 들을 이유 없다."

그는 빠르게 내달렸다.

상두 역시 그의 뒤를 쫓았다.

두 사람이 난입하자 박스파의 본부는 큰 소동이 일어났다.

"뭐야!"

"습격이다!"

조직원들이 대거 몰려왔다. 갑자기 일어난 일에 당황하여 모두가 우왕좌왕했다. 갑자기 이뤄진 습격이니 그럴 만도 했다.

창고의 공터에 수십 명의 조직원이 우르르 몰려들어 상두와 강석을 둘러쌌다.

"지난번에 봤을 때는 스무 명 남짓하더니, 지금은 사십 명 정도 되는구만."

상식의 말에 한 남자가 나섰다.

그는 이 박스파의 중간 보스였다.

"이봐, 강석이. 나는 자네들 나와바리에 침범한 적이 없는 것 같은데?"

"볼일이 있는 건 내가 아니야. 이놈이지."

강석은 상두에게 눈짓했다. 상두의 모습을 보자 몇몇의 조직원들이 눈을 크게 떴다.

"저놈입니다! 신입을 박살 낸 놈이!"

"아… 네놈이 그 괴물 같다는 고딩이구만."

중간 보스의 말에 상두는 입을 열었다.

"네놈하고 할 말 없다. 보스 나오라고 해."

"지금 형님은 출타 중이다. 나와 이야기를 해도 될 것 같은데?"

중간 보스는 여유가 넘쳤다. 그의 두 손에는 두 개의 나이프가 들려 있었다. 아무래도 여유로운 것은 저 나이프 때문이리라.

"저놈은 칼을 자유자재로 다룬다. 조심해라, 꼬마."

"꼬마라고 하지마."

상두가 달려들었다.

그러자 조직원들이 그에게 달려들었다. 상두는 침착하게

한 놈씩 쓰러뜨렸다.

하지만 고등학생의 육체로 이 많은 무리를 상대하기는 힘들었다. 스물 남짓을 쓰러뜨렸을 때 그는 서서히 공격을 당하고 있었다. 하지만 강석의 커버로 버티고 버텨냈다.

드디어 모두가 쓰러졌다.

두 사람은 이제 숨이 턱 밑까지 차오르고 있었다.

"오호라……."

중간 보스는 부하들이 모두 쓰러져 헐떡거리는데도 아무런 반응을 보이지 않았다. 오히려 히죽거리고 있었다.

"대단한 실력들이야. 하지만 네놈들도 많이 지쳐 보이는데?"

그는 그렇게 말하고 혀를 날름거렸다.

"영화를 많이 봤나 보군. 전형적인 악당의 모습이야."

강석이 주먹을 탕탕 치며 앞으로 나아가려 했다. 하지만 상두가 막아섰다.

"네놈이 시켰나?"

"뭘?"

"영세한 상인들 등쳐먹으라고."

"보스가 시켰지만 디테일한 것은 내가 명령했지."

그의 대답에 상두의 눈이 번뜩였다.

"그러니까 영세상인들 등쳐먹은 게 네놈이냐고."

"그럼 어쩔 거냐. 그래 나다."

상두의 물음에 그는 성의 없이 답했다.

"그럼 넌 이제 죽는 거다."

상두가 앞으로 성큼성큼 걸었다. 그의 몸에서는 엄청난 살기가 뿜어져 나왔다. 강석이 그를 말릴 수도 없을 정도의 강대한 살기였다.

중간 보스는 잠시 움찔했다.

이제 막 어린아이의 느낌을 벗은 소년이다. 그런 애송이의 눈빛에서 살인자 이상의 강한 살기가 번뜩이고 있었다. 하지만 자신이 겁을 먹었다는 것에 그는 자존심이 상했다.

"이런 애송이가!"

그가 먼저 달려들었다.

그의 칼부림은 날카롭고 예리했다.

"헉……!"

하지만 그의 칼날을 상두는 맨손을 잡았다. 피가 손을 타고 칼자루까지 흐른다. 중간 보스는 칼을 뽑으려고 했지만 잘 되지 않았다. 그만큼 상두의 악력은 강했다.

"이럴 수가……!"

그는 당황했다. 또 당황했다.

"죽어라!"

상두가 그의 얼굴을 내려쳤다. 그는 바닥에 꼬꾸라졌다.

그대로 정신을 잃은 것 같았다.

"죽여주마!"

상두의 눈에 이성의 빛이 사라지기 시작했다. 다시금 내려
치려 주먹을 들어 올렸다.

"그만해! 그러다 죽어!"

강석이 말리지 않았다면 진정으로 중간 보스는 죽었을 것
이다.

두 사람은 쓰러진 조폭들 사이에 서서 숨을 헐떡거렸다.
피투성이가 된 그들은 마치 전쟁터에 서 있는 듯한 느낌이었
다.

"아니!"

이제 볼일을 마치고 돌아온 박스파의 보스.

"네놈들은 뭐냐!"

그는 당황한 듯 두 사람에게 외쳤다. 그의 뒤에는 수십 명
의 조직원이 더 있었다.

"또 왔네."

"이길 수 있겠어?"

강석은 상두에게 물었다. 상두는 고개를 절레절레 흔들었
다.

"더 있을 줄은 몰랐지. 힘드네……."

"근데 넌 왜 반말이냐?"

"그게 무슨 상관이야."

두 사람이 상황에 맞지 않게 쾌활하게 대화하는 모습에 박스파의 보스는 화가 난 듯 다시금 외쳤다.

"네놈들이 누구냐고 물었어! 왜 우리 아이들을 이렇게 만든 거냐!!"

"시끄럽고, 덤비시죠, 선배?"

강석의 이죽거림에 화가 난 보스가 손을 뻗었다. 그러자 뒤의 수십 명의 조직원이 상두와 강석에게 몰려들었다.

"그만들 둬!!"

이 모든 공간을 쩌렁쩌렁 울리는 목소리.

모두 놀라 뒤를 돌아보았다. 그들의 시선이 멈춘 곳에는 근엄한 모습의 중년 남성이 서 있었다. 그는 바로 고대파의 보스였다.

"오랜만이구만, 동생."

고대파 보스의 말에 박스파 보스는 기분 나쁜 미소를 보이며 대답했다.

"오랜만이군요, 형님."

"요즘 동생이 영 좋지 않은 사업을 벌인다는 소리를 들었어."

"어떤 사업을 하든 형님 영역은 안 건드렸습니다만."

"하지만 우리 식구 가족을 건드렸어. 건방지게 말이야."

고대파 보스의 눈빛이 번뜩였다. 박스파 보스는 그 눈빛에 겁을 먹고 물러났다.

"다시 한 번 영세상인들을 갈취하면 가만히 안 두겠다. 양아치도 아니고 무슨 짓인가."

"해볼 테면 해보시죠?"

"오늘 강석이와 고등학생 한 명으로도 초토화된 조직의 보스가 할 말은 아닐 텐데?"

박스파 보스는 이를 빠득 갈았다. 고대파 보스의 말이 맞았다. 아무리 강한 놈이라고 해도 강석이라는 자 한 명과 일개 고등학생 한 명으로 조직이 초토화되었다. 고대파가 마음만 먹으면 정말로 그의 조직은 와해될 수도 있을 것이다.

"오늘은 우리 아이들을 데리고 가겠다. 한 번 더 그런 소리가 들리면 가만히 두지 않겠어."

어쩔 수 없이 박스파 보스는 고개를 끄덕였다.

*　　　*　　　*

어떻게 된 건지 학교에 소문이 쫙 났다.

소문이라는 것은 한 다리 건너면서 더욱더 빠른 속도를 내는 것이다. 하루가 안 돼서 학교까지 들리니 말이다.

"야야, 상두가 이번에는 조폭을 아작냈대."

"그 말 들었어? 중간 보스가 이제는 아예 은퇴할 정도로 묵사발 냈다던데?"

"아니야, 혼자서 조직 수백 명을 쓰러뜨렸다던데?"

역시 언제나처럼 소문은 걷잡을 수 없이 부풀어 퍼져나갔다.

이제 상두는 명실상부한 이 학교의 짱이 되어 있었다. 아무도 그를 건들지 못했고, 모두가 그를 우러러보았다. 조직도 정리한 그에게 대항할 강심장이 어디에 있겠는가?

하지만 소문은 선생님들의 귀에도 들어가고 말았다.

상두는 아침부터 교무실에 불려 갔다.

그런 큰 사건을 치고도 선생이 부르지 않으면 이상한 것이다.

"상두야, 이사회에는 내가 잘 말해 놨다. 너는 그럴 놈이 아니라고 말이야. 뜬소문이라고 말이야."

"뜬소문 아닙니다."

상두의 말에 선생의 눈빛이 흔들린다.

"상두야, 난 널 믿는다. 분명히 무슨 이유가 있겠지."

"네 분명히 이유는 있습니다."

"그래… 요즘 들어 성적도 많이 올랐고 학교생활도 충실히 하잖니. 하지만 이런 소문이 자꾸 돌면 너에게 좋지 않아. 몸가짐 잘하고 다녀."

담임의 말에 상두는 고개를 끄덕였다. 그래도 담임은 그를 믿고 있었던 것이다. 하지만 진실은 조직과 싸웠기 때문에 상두는 약간의 죄책감이 들기도 했다.

하지만 이대로 소문이 기정사실화되고 학교에서 잘리면 어머니를 볼 낯이 없어진다.

밖으로 나온 상두는 마음이 찜찜했다.

"요즘 들어 성적도 많이 올랐고, 학교생활도 충실히 한다라……."

그런 이유로 좋은 학생과 나쁜 학생이 결정된다는 것이 마음에 들지 않았다.

뒤숭숭한 기분으로 수업 시간을 어떻게 지냈는지 모른다. 몸이 아프다는 핑계로 야자를 빼먹고 빨리 하교했다.

어머니의 일터로 가는 길.

그러자 그는 기분이 좋아지고 있었다. 오늘은 어머니가 편하게, 분명 편하게 일을 하고 계실 것이다.

역시나 그랬다.

이곳을 지나치는 건달들도 보이지 않았고 모든 상인이 웃음꽃을 피우고 있었다.

어머니도 마찬가지였다. 워낙에 표정에 속내가 드러나는 분은 아니지만, 살짝 미소를 짓고 있었다. 누군가가 괴롭히는 일 없이 마음 놓고 장사를 할 수 있다는 것은 그녀에게도 아주 즐거운 일인 것 같았다.

"그래… 이 모습이 보고 싶었던 거야."

상두는 웃음을 보였다.

그가 한 일은 잘한 것이다. 어머니를 위해서 이 지역 상인들을 위해서 공권력이 해주지 못한 일을 그가 해낸 것이다.

CHAPTER **9**
현장소장 김말구

상두는 고대파 빌딩의 회장실에 앉아 있었다.

　고대파 보스 '박경파'는 소파 상석에 앉자 계속해서 담배만 뻑뻑 피워댄다. 하지만 둘 사이에는 한참 동안 아무런 말이 없었다.

　무거운 공기가 흐른다.

　박경파 그의 표정은 그리 좋지가 않다. 상두를 바라보는 눈빛에 난감이 가득 차 있었다.

　"대학 등록금을 대주겠다는데 왜 마다하는 건가?"

　한참 동안 닫혀 있던 말문을 연 것은 박경파였다. 상두는 한숨을 한 번 쉬더니 대답했다.

"제 힘으로 해보고 싶습니다."

"도대체 왜 그러는 것인가?"

이렇게 대치하고 있는 이유는 고대파의 대학등록금 지원 때문이었다. 박경파는 도움을 주고자 했고, 상두는 그 도움을 거절하고 있는 것이었다.

박경파는 이해를 할 수가 없었다. 이렇게 도움을 준다는데 마다할 이유가 없지 않은가?

"우리 딸내미 친구라 그러는 것일세."

"정말 그것 때문입니까?"

상두의 일침을 놓는 질문에 그는 잠시 움찔했다.

"그러니까… 그게……"

박경파는 말을 얼버무릴 수밖에 없었다. 사실 온전히 도움의 손길을 주고자 말을 꺼낸 것은 아니었다. 어떻게든 그의 실력을 자신을 위해 쓰고 싶은 것이었다.

그 마음을 상두에게 들켜 버린 지금 부끄러울 수밖에 없었다.

"역시 자네에게는 마음을 속일 수가 없군."

그는 담배를 재떨이에 부벼 끄고는 말을 이었다.

"자네가 욕심이 나. 학벌까지 키우고 그 정도 실력이라면 우리 고대파를 전국구로 키울 수 있을 것 같네."

역시 원하는 것은 상두의 싸움 실력이었다. 그정도의 실력이라면 전국제패도 꿈은 아니다. 하지만 상두는 그런 것을 원하고 있지 않다.

"저는 주먹질로 먹고살고 싶지 않습니다."

상두는 잠시 헛웃음이 나왔다.

그는 이전 세계에서 주먹으로 먹고살았던 사람이다. 그런 사람이 주먹질로 살고 싶지 않다니…….

하지만 당시의 주먹은 정의를 위한 것이었다. 이들 조직처럼 검은 일을 하는 것은 아니었다. 경찰력이나 공권력을 대신해서 일을 처리한 것이다.

이른바 자경단…….

그런 그에게 조직의 일은 달갑지 않은 것이 사실이었다. 조직은 언제나 목숨이 위험한 상황에서 살아가야 하는 것이 아닌가.

"저는 홀어머니와 함께 삽니다. 어머니가 매일매일 아들 걱정하면서 당신의 남은 삶을 살아가게 할 수는 없습니다."

"어쩔 수 없군."

고대파 보스는 입맛을 다셨다.

저런 인물은 이 세계에서도 백 년에 한 번 나올까 말까 한 인물이다. 그런 인물을 그냥 보내려니 당연히 미련이 남을 것이다.

다른 조직이라면 어떠한 수단과 방법을 다해서 그를 끌어오려고 안간힘을 쓸 것이다. 하지만 그는 일개 조폭 나부랭이들과는 달랐다. 낭만파 주먹의 계승자라고 생각하는 자였다. 상대가 원하지 않는 이상 절대 이런 일을 권하지는 않을 것이다.

"그럼 저는 이만 가보겠습니다."

"그래, 조심히 들어가게."

상두는 아쉬워하는 박경파를 뒤로 하고 밖으로 나왔다.

"후우……."

상두는 밖의 열기에 힘이 쭈욱 빠졌다. 시원한 박경파의 사무실과는 완전히 딴판.

"벌써 고3 여름인가……."

걱정이 앞서왔다. 등록금도 등록금이지만 대학을 갈 걱정에 눈앞이 캄캄했다.

돈을 목적으로 피팅모델을 하니 공부할 시간이 점점 줄어든 것이 사실이었다. 그의 사진을 보고 연예계에서 러브콜도 많이 왔다.

"역시……. 몸을 쓰는 일뿐인가?"

그가 생각하는 일은 역시 '노가다' 뿐이었다.

피팅모델 일도 재미는 있지만 일이 그리 많지가 않았다.

알바비는 꽤 높은 편이었지만 쇼핑몰에서 옷을 구매하는

층이 여자들이다 보니 남자의 일은 한정적일 수밖에 없었
다.

어머니가 벌어들이는 수입이 요즘 많이 줄어 당장 생활비
가 부족한 것이 사실이었다. 그가 알바라도 하지 않으면 안
되었다.

덕분에 여름방학 자율학습을 선생님께 사정해서 뺐다. 말
이 자율학습이지 강제적으로 다 임해야 하지만 상두의 사정
에 선생님도 어쩔 수 없었던 것이다.

그는 이른바 '노가다' 라고 하는 일을 이리저리 알아보았
다.

처음에는 인력사무소를 통해서 알아보려고 했으나 중간에
서 가로채는 돈이 더 많았다.

직접 알아보기 시작했다.

하지만 그리 녹록지 않았다. 인력사무소가 뿌리 깊이 내려
져 있는 시스템을 혼자서 비집고 들어간다는 것은 힘든 일이
었다.

"후우… 일 구하는 것이 이렇게 힘들구나."

요즘 건설 경기가 좋지 않다고 했지만, 생각보다 일이 많았
다. 인력사무소에 들어가지 않아서 찾기 힘들지, 일할 사람이
부족한 것도 사실이었다. 힘들고 더럽고 어려운 일이라 사람
들은 이런 일 따위를 하지 않으려고 하는 것이다.

인력사무소를 통해 일을 갔다가 현장소장의 눈에 들어 개인적으로 다니는 사람들도 많이 있다. 이렇게 돈을 벌면 되는 것을……

모든 것이 대학 학력자들이 많아서이다.

하지만 돌려 생각하면 상두 역시 대학을 진학하려는 이유가 뭘까?

이런 일을 하고 싶지 않아서가 아닐까?

이런 일을 하고 싶지 않아서 이런 일로 대학 등록금을 버는 이 아이러니……

뿌리 깊은 고학력 위주의 생각들이 변하지 않는 이상 이 사회는 변하지 않을 것 같았다.

"후우… 지칠 것 같다."

일자리를 찾으러 들린 공사장 근처의 슈퍼에 이온 음료를 사러 들렀다.

"아줌마 이거요."

이온음료 캔을 따서 입에 대려는 순간.

"자네 일 구하러 왔나?"

누군가가 그에게 묻는다. 상두는 이온음료를 마시지 않고 대답했다.

"네?"

그의 대답에 작업복을 차려입은 한 남자가 입을 열었다.

"아저씨 소리 들을 나이는 아니다. 군대는 다녀왔지만……."

"아저씨라고 부른 적이 없……."

"골격을 보니까 꽤 힘 좀 쓸 것 같은데? 지금 힘쓰는 사람 하나가 그만둬서 말이야. 뭐 아니면 말고."

"일 구하러 왔어요!"

상두는 기쁜 듯이 대답했다. 남자는 웃음을 보이더니 명함을 내밀었다.

"나 이런 사람이야."

현장소장 김말구.

이름이 좀 우스웠다.

"이름보고 웃지 말라고. 오늘은 늦었으니 내일 아침부터 나와. 이 번호로 연락부터 하고."

"네! 알겠습니다!"

상두는 어안이 벙벙했다. 일자리를 구하러 온 것은 맞는데 이렇게 쉽게 될 줄은 몰랐다. 그는 기쁜 마음으로 집으로 향했다.

* * *

다음 날 아침.

상두는 일어나 출근 준비를 했다. 옷 중에서 가장 허름한 옷을 골라 입었다. 그 모습을 어머니는 탐탁지 않게 보신다. 그것도 그럴 것이 자식이 험한 일을 하러 간다는데 좋아할 부모가 어디에 있겠나.

사실 어젯밤에도 상두는 이런 일 하지 말라고 일장연설을 세 시간 이상 들어야 했다. 그만큼 어머니는 이 일이 마음에 들지 않은 것 같았다.

"너에게 그런 일까지 시킬 정도로 못 벌지는 않아 이제……."

아침 댓바람부터 출근하시는 어머니는 상두에게 또다시 볼멘소리를 하신다. 하지만 상두는 이미 결정했다. 어머니를 더 이상 힘들게 하고 싶지는 않은 것이다.

"빚도 갚아야 하고, 제 등록금만큼은 제힘으로 벌고 싶어요."

상두의 굳은 고집에 어머니는 고개를 절레절레 흔들었다.

"옛날에는 쉬운 아르바이트도 안 하려던 녀석이 많이 변했구나……."

그녀의 말에 상두는 좀 뜨끔했다. 어색한 웃음으로 상황을 무마했다.

"무리는 하지 마라. 그런 일 하다가 몸 축나는 사람들 많다."

"네, 어머니."

어머니는 다시금 못미더운 눈빛을 보이며 출근했다.

살가운 말 한마디 하지 않는 어머니. 하지만 그녀가 앉아 있던 자리에는 만 원짜리 한 장과 쪽지가 있었다.

'맛난 거 사 먹어라. 그런 일은 먹는 거 걸러서는 안 된다.'

쪽지의 내용을 읽은 상두는 코끝이 시큰해졌다.

상두는 대충 준비를 하고 일을 하러 나갔다.

일은 그다지 힘들지 않았다.

모래 나르는 일, 철근 나르는 일, 벽돌 나르는 일……. 아파트의 기초골조 공사를 위한 자재를 운반하는 것이었다.

육체를 단련해온 상두에게 이런 일 따위는 그저 식은 죽 먹기였다. 그저 수련을 하는 셈 치고 감내해내면 되는 것이다.

하지만 한 가지 힘든 것이 있었다. 그것은 사람들과 어울리는 것. 원래 저쪽 세계에 있을 때부터 그는 낯가림이 심하고 숫기가 없었다. 게다가 이곳에 모인 모두가 나이가 40대 이상 되는 사람들이 대부분이었다.

그의 영혼은 서른이 넘는 나이라고는 하지만 십대들과 생활이 익숙해진 지금 그들과의 생활이 어색한 것이 사실이었다.

그중 점심시간이 가장 힘든 시간 중 하나였다.

"학생이 공부나 하지 이런 곳에는 왜 왔누??"

인부 한 명이 점심식사를 하면서 그에게 물었다. 상두는 배시시 웃으며 머리를 긁적였다.

"그냥 학비 마련 때문에요."

"그래… 학비… 우리처럼 살지 않으려면 대학에 가야지 암."

그러면서 많은 사람이 덩달아 이야기를 펼쳐 놓았다.

어린 시절 후회에 관한 이야기들이 대부분이었다. 그것을 듣고 있던 김말구는 씁쓸한 웃음을 보였다.

어느 정도 작업을 마무리하고 이제 퇴근 시간이 되었다.

일당을 받는 시간.

상두는 두근거리는 가슴을 주체할 수가 없었다. 몸을 제대로 움직이며 벌어들이는 첫 수입이다.

"박상두 군."

상두의 이름이 호명되었다.

김말구는 그를 대견한 눈으로 바라보며 봉투를 내밀었다. 상두가 봉투를 받자 입을 열었다.

"학생치고는 일을 참 잘하더군. 평소보다 돈을 좀 더 넣었다. 앞으로 잘해보도록."

상두는 환한 웃음과 함께 봉투를 열어 보았다.

약속한 금액보다 사만 원 정도를 더 넣어주었다. 이 정도면 반나절 가까이 일해야 벌어들일 수 있는 돈이다.

모두가 퇴근하는 저녁.

상두의 발걸음이 가벼웠다.

알바비를 못 받아 본 것은 아니다. 피팅모델비를 받은 적도 있었다. 오히려 그 금액이 더 많다. 하지만 땀 흘려 가면서 일한 대가를 받는 것과는 차원이 다르다. 피팅모델 일을 무시하는 것은 아니지만 이것은 정말로 땀의 대가였다.

돌아가는 길에 족발을 소 자로 하나 샀다.

어머니가 족발을 참 좋아하시는데 비싸다고 잘 드시지 않는다. 오늘은 자식 된 도리로서 어머니를 봉양하려 이렇게 상두가 직접 사게 된 것이다.

집에 도착한 상두는 저녁도 먹지 않고 어머니를 기다렸다.

기다리는 시간이 굉장히 더디 가는 것 같았다. 어머니에게 봉양한다는 생각에 기분이 엄청나게 들떴다. 예전 세계에서 카논의 어머니는 그의 어린 시절에 돌아가셨다. 봉양하고 싶어도 못했던 것이다. 그런 그에게 하루하루 어머니를 돕는다는 게 어찌나 즐거운 일인지 모른다.

어머니가 돌아왔다.

"이게 웬 거니?"

"일당을 좀 더 쳐줘서 사왔어요. 어머니 족발 좋아하시잖아요."

"쓸데없는 짓 하지 마라."

말은 차갑게 하지만 그녀의 눈에는 즐거움이 깃들어져 있었다.

감동도 있었다.

아들이 사온 음식에 감동치 않을 부모는 없을 것이다.

"다음부터 이런 짓 하지마라."

말은 그렇게 하지만 어머니의 눈빛에서 아들의 대견함을 느낄 수가 있었다.

모든 준비가 끝나고 모자의 조촐한 만찬이 시작되었다. 어머니가 젓가락으로 고기 한 점을 들고는 말했다.

"맛있구나."

어머니는 그 한마디였다. 더 이상 말씀이 없이 그저 고기는 자식에게 내어주며 자신은 껍데기만 먹고 계신다. 그 모습에 상두는 고기를 어머니께 밀어주었다.

"힘들게 일했잖니. 많이 먹거라."

어머니는 그렇게 말하고 다시 아들에게 족발의 고기를 내밀어 주었다.

*　　　*　　　*

다음날도 상두는 출근을 하였다.

노가다를 하는 것이 즐거운지 출근하는 내내 싱글벙글했
다.

앉아서 공부만 하는 것은 그의 체질에 맞지 않았던 것이다.
하지만 이 세계는 몸을 쓰는 것보다는 머리를 써야 하는 곳이
니 어쩔 수 없었다.

"좋은 아침입니다!"

상두는 그렇게 큰 소리를 외치며 일을 시작했다.

오늘도 김말구의 표정은 밝았다. 이유는 역시 상두 때문이
었다.

남들 모래 하나 지고 갈 때 상두는 모래를 두 짐을 지고 간
다. 여느 고등학생의 힘일 뿐만이 아니라 웬만한 어른들보다
더 힘이 좋았다.

'저놈 잘만 하면 좋은 노가다꾼이 되겠어.'

그렇게 김말구는 생각했지만, 학비를 벌기 위해서 온 상두
다. 이런 곳에 묶어 둘 수는 없는 노릇이다.

가만히 지켜보니 상두의 행실 또한 여느 아이들과는 달랐
다. 되바라진 요즘 아이들과는 달리 예의가 있었고, 행동거지
가 조심스러웠다.

'점점 더 마음에 든단 말이야. 잘 키워서 쓰고 싶군.'

김말구는 그렇게 생각하고 상두를 불렀다.

"어이 상두 군!"

상두는 그를 바라보았다.

"무슨 일이시죠?"

"아니야, 아니다."

그의 행동에 상두는 고개를 갸웃거렸다.

'에고… 앞날이 창창한 학생에게 노가다를 계속해보는 게 어떠냐고 어떻게 물어봐…….'

김말구는 고개를 절레절레 흔들었다.

상두는 이번에는 철근을 들고 올라갔다. 올라가는 도중 이상한 소리가 들렸다. 무언가 깨지며 갈라지는 것 같은 소리였다.

"뭐지?"

의아한 상두는 여러 곳을 돌아보았다. 아무리 보아도 문제점은 발견되지 않았다. 사실 건축에 문외한인 그가 무얼 발견할 수가 있겠는가? 하지만 분명 어디선가 우지끈하는 소리가 들렸다.

그냥 아무렇지 않게 생각하고 넘기고 열심히 일에 몰두했다. 하지만 일하는 내내 불안한 것은 어쩔 수가 없었다.

김말구가 올라왔다.

일을 잘하고 있나 감독차 올라온 것이다.

그는 일을 잘하고 있는 인부들에게 수고한다고 이야기를 나눠주었다. 보통은 현장소장이 올라오는 것을 꺼릴 텐데 인부들은 오히려 즐거워했다. 그만큼 그는 격이 없다는 것을 보여주었다.

'참 좋은 사람 같군.'

상두는 그 모습에 흐뭇하게 웃음을 지었다. 그의 아저씨 같은 웃음에 김말구는 이상한 듯 그를 바라보았다. 상두는 잠시 흠칫하며 다시 모래를 옮겼다.

모래를 옮기던 상두는 잠시 걸음을 멈추었다.

"이 소리는……."

다시 또 우지끈하는 소리가 들려왔다. 상두는 무심결에 소리가 난 쪽을 바라보았다.

그곳에는 김말구가 서 있었다. 사람들에게 격려하는 그의 바로 위 천장이 이제 눈에 띄게 균열이 일어났다. 금방이라도 무너져 내릴 상황!

"피하세요!"

그의 외침과 동시에 벽이 무너져 내렸다.

상두는 놀라운 속력으로 김말구를 향해 내달렸다. 이미 김말구의 머리 위로 커다란 콘크리트 조각이 떨어지고 있었다.

"안돼!"

상두는 빠른 속도로 콘크리트 조각을 향해 주먹을 내질렀다! 둔탁한 소리와 함께 먼지를 뿜으며 박살 나는 콘크리트 조각!

"너, 너 어떻게??"

김말구의 눈이 커졌다.

"괜찮습니까?"

상두의 물음에 그는 고개를 끄덕였다. 놀라운 힘으로 벽돌을 박살 냈다. 인간으로서 어떻게 이런 것이 가능하단 말인가!

"어랏! 위험해!"

또다시 이어지는 붕괴!

이번에는 철근 구조물과 콘크리트가 전부 떨어진다. 상두는 이렇다 할 생각도 없이 그대로 김말구의 몸을 감쌌다.

"크윽……."

김말구는 피어오르는 콘크리트 먼지에 숨을 제대로 쉬기가 힘들었다.

"그러길래, 젠장… 설계도가 문제가 있다고 말하니까는……."

그는 투덜거리며 휴대폰을 꺼내 플래시 모드로 주변을 비추었다.

"상두 군!"

상두가 콘크리트 더미를 몸으로 막고 버티고 있었다.

"아니… 어떻게! 이런 힘이! 아니……! 괜찮은 거야?"

"저는 괜찮습니다……."

하지만 그는 정신을 잃고 말았다. 아무리 강골이라고 해도 이런 상황에서 버틸 수가 있겠는가? 하지만 아직도 콘크리트 더미를 그대로 버티고 서 있었다.

"이 자식은… 도대체……."

김말구는 밖에서 들리는 깡깡거리는 구조작업 소리에 조금씩 정신을 잃고 말았다.

하얀 병실.

상두는 머리에 붕대를 감은 채 누워 있었다.

천장 붕괴 사고로 머리를 조금 다쳤다. 정신을 잃긴 했지만 생명에는 지장이 없었고, 수술조차 필요하지 않은 상태였다. 진료한 의사도 놀랄 따름이었다.

김말구는 상두가 몸을 날린 덕분에 다리 골절만 있을 뿐 상처가 심하지 않았다. 그래도 몸을 감싼 상두보다 더 다친 격이었다.

"음……."

상두가 정신을 차렸는지 눈을 떴다.

잠시간 멍하니 주변을 살피더니 이제야 이곳이 병원이라는 사실을 인지한 것 같았다.

"아… 소장님……!"

상두는 일어나자마자 소장 김말구의 안위를 살폈다.

"나 여기 있다."

소장의 목소리에 상두는 옆을 돌아보았다. 이곳은 2인 병실이었다. 그의 옆 침대에 김말구가 있었던 것이다.

"괜찮으세요?"

김말구는 자신의 다리를 가리켰다.

"어라… 다치셨네요."

상두의 말에 김말구는 그저 웃음만 보일 뿐이었다.

"이만하기를 다행이지. 자네가 아니었다면 아마도 죽었을지도 몰라. 정말 고맙네."

그의 인사에 상두는 머리를 긁적였다.

"뭐, 사람이 다쳤는데 당연히 구해드려야죠. 으윽……!"

상두는 머리가 아파 오는 듯 신음을 내뿜으며 머리를 감싸쥐었다. 아직 머리의 상처가 완전히 치료가 된 것은 아닌 듯했다.

"더 누워 있어야 할 거야. 아직 완쾌된 것은 아니니까. 하지만 의사선생들도 놀라더군. 어떻게 그런 상황에서 이런 상처만 입을 수 있느냐고 말이야. 뇌에는 아무 이상이 없다는 거야. 그 상황에 있던 나도 믿기지 않을 정도다."

"그렇군요. 제가 며칠이나 정신을 잃고 있었죠?"

"이틀."

상두의 얼굴이 굳어졌다.

"왜?"

"이틀 치 일당이 날아갔네요."

김말구는 상두를 뚫어져라 쳐다본다. 도대체 이 녀석은 어떻게 생겨 먹었길래 부상을 입은 상태에서 일당을 생각한단 말인가.

"왜요? 얼굴에 뭐 묻었나요?"

"아니… 왜 그렇게 악착같이 돈을 벌려고 하나 싶어서."

"훗."

상두가 헛웃음을 보인다. 그리고는 잠시 뒤 말을 이었다.

"학비 때문이라고 말씀드렸잖습니까. 저희집은 그렇게 풍족하지 않습니다. 아니 찢어지게 가난합니다. 어머니는 종일 일해 봤자 하루에 5만 원 벌면 많이 버는 셈입니다. 그것도 사정이 나아져서예요. 어떻게든 공부해서 어머니와 함께 제대로 된 삶을 살아야 하는 것 아니겠습니까?"

상두의 말은 지극히 현실적인 것이었다. 돈이라면 모든 것이 다 된다. 하지만 이렇게 예의가 있고 바른 청소년이 돈을 생각한다는 것이 김말구는 그다지 유쾌하지는 않았다.

"빌어먹을 세상……."

이런 바른 청년까지 돈벌이에 열을 올려야 하는 빌어먹을 세상이 답답한 그는 담배를 입에 물었다.

이윽고 누군가가 들어왔다.

꾀죄죄한 차림의 중년 여성. 그 모습을 확인한 김말구는 담배를 퉤 하고 뱉어냈다. 병원 내는 금연이다 보니 숨겨야 했다.

"어머니······."

상두의 어머니였다.

그녀의 눈에는 약간의 화가 서려 있었다.

"집에서 쉬시지 왜 오셨······!"

상두의 얼굴로 날아드는 손바닥.

찰싹하는 소리가 병실에 울려 퍼졌다. 상두의 표정이 얼이 빠졌다. 걱정할 줄로만 알았던 어머니가 오히려 화를 내신다. 서글퍼지는 상두였다.

"어머니······."

뺨을 내려친 상두 어머니의 눈에서 눈물이 그렁그렁 맺혔다.

"이 엄마가 얼마나 걱정한 줄 알아?"

어머니는 화가 난 것이 아니었다. 너무도 걱정이 된 것이었다.

이해가 됐다. 상두는 너무도 이해가 되었다. 상두의 눈에도 눈물이 맺히기 시작했다.

그 모습을 보면서 김말구는 왜 상두가 돈을 모으려 했는지 이해할 수가 있었다. 아니 이해한 것이 아니었다.

마음으로 와 닿았다.

"젠장……."

김말구는 다시금 담배를 입에 물었지만 금연인 것을 상기하고 담배를 구겼다.

상두는 환자복을 벗고 사복으로 갈아입었다.

"이제 퇴원인가?"

검사 결과 온몸에는 이상이 없었다. 머리 찰과상만 살짝 있었을 뿐 어디 부러진 것도 없었고 괜찮았다. 병원비는 회사 측에서 부담하기로 해서 부담은 없었다.

"일당 많이 날아갔겠네."

병원에서 일주일 정도 있었으니 그만큼의 일당을 벌지 못했다는 것이다. 상두는 안타까운 듯 한숨을 내쉬었다.

"소장님은 잘 계시려나?"

그보다 하루 일찍 김말구는 퇴원하였다. 다리에 깁스를 한 채 현장을 돌아보아야겠다고 억지를 쓴 것이다. 그만큼 그는 일에 열정적인 사람이었다. 저런 모습은 보고 배워야 한다고 상두는 생각했다.

집으로 바로 돌아가지 않았다.

일주일 동안 병원 신세를 졌더니 좀이 쑤셨던 것이다. 이것 저것 해볼까 생각하다가 어머니를 도와야겠다는 생각이 들어 어머니의 일터로 향했다. 딱히 할 일도 없고 건강한 모습을 어머니에게 보이고 싶었기 때문이다. 겸사겸사 어머니의 일도 돕고.

하지만 어머니는 단호하게 말했다.

"집에 가서 쉬어라."

어머니의 말에 상두는 어찌할 바를 몰랐다. 혼자 힘든 어머니를 도우려는 아들의 갸륵한 마음을 어머니는 받아들이지 않고 있었다.

"이제 괜찮아요. 병원에서도 이상이 없다고 하네요."

"그래도 가서 쉬어라. 엄마 말 들어."

그녀의 강경한 말에 그는 어쩔 수 없었다. 차갑게 말했지만 그녀의 마음에 분명 아들을 생각하는 상냥한 마음이 있다는 것을 느낄 수가 있었다.

"알았어요. 너무 무리하지 마세요."

그렇게 어머니께 당부하고 상두는 집으로 향했다.

"오랜만에 도와주려고 했더니만……."

어머니는 항상 자신을 아이 취급한다. 본디 영혼은 어른이 다 보니 이런 경우 답답할 따름이다.

집에 도착한 그는 마루에 그냥 털썩 누웠다.

하늘을 바라보니 하얀 뭉게구름이 지나간다. 그 뭉게구름
만큼 지금 자신은 무척이나 무료하다.

"지루하네."

좀이 쑤신다.

뭐라도 해야 하는데 뭘 해야 할지 모르겠다. 이 세계에서
시간 죽이는 방법을 그는 아직 많이 알지 못한다. 방학이란
이토록 지루한 것이었던가?

"계십니까?"

상두의 대문으로 누군가의 목소리가 들려왔다.

"누구지?"

이곳에 찾아올 사람은 그리 많지가 않다. 그의 친구들이 대
부분이다. 하지만 이 목소리는 어른 남성의 목소리였다. 어쨌
든 이런 무료한 시간에 누군가가 찾아왔다는 것은 신선한 자
극이 되었다.

그는 대문을 열어 주었다.

양복을 말끔히 차려입은 신사가 서 있었다. 그는 더운 듯
연신 손수건으로 얼굴을 닦았다. 그것도 그럴 것이 이곳으로
올라오는 길은 상당히 힘들다.

"여기가 박상두 군의 집입니까?"

"제가 박상두입니다만."

상두의 대답에 그의 얼굴에 화색이 돌았다.

"제가 잘 찾아왔군요."

"무슨 일로 찾아오셨는지요?"

"혹시 대성건설이라고 아십니까?"

"대성건설?"

상두는 이곳에 온 지 얼마 되지 않아 기업체 같은 것은 잘 모른다. 하지만 대성건설은 지금 우리나라의 톱을 달리고 있는 건설사이다. 그런 회사의 사람이 왜 이곳에 온 것인가?

"무슨 일로?"

"대성건설 김성만 회장님께서 보내서 왔습니다. 장학금을 지급하고 싶다고 하시는군요."

"장학금?"

상두는 어안이 벙벙했다.

도대체 자신이 대성건설과 무슨 상관이 있길래 장학금을 준다는 것인가? 기업체가 가난한 학생들을 위해 장학금을 지급하는 경우도 있기는 하지만 이렇게 직접 찾아와서 이야기하지는 않는다.

"사람 잘못 보신 거 아닙니까? 저는 장학금을 받을 일을 한 적이 없는데⋯⋯."

"혹시 김말구 소장님이라고 아십니까?"

"네. 그분 밑에서 일하고 있죠."

"이놈아, 나다."

대문 뒤에서 들리는 목소리.

"소장님?"

익숙한 사람이 대문 안으로 들어왔다. 옷은 말끔한 정장이
지만 누군지 잘 알 수가 있었다. 그는 현장 소장 김말구였다.
모든 의문이 풀리는 순간이었다.

"소장님이 추천해 주신 건가요?

"그래, 네 녀석의 심성이 고운 것 같아서 말이지. 그리고
이제부터 일 나올 필요 없어."

소장의 말에 상두는 눈을 크게 떴다. 더 이상 돈을 벌지 못
하는 것인가!

"안돼요. 돈이 필요합니다."

"걱정할 필요가 없어. 우리 회사에는 장래가 촉망되는 학
생에게 일정 기간 장학금을 주는 제도가 있지. 거기에 너를
추천한 것이고, 회사는 받아들였다. 앞으로 고등학교 졸업할
때까지 매달 장학금이 나올 테니 너 공부에만 전념하면 된
다."

"하지만……."

상두는 내키지 않았다. 누군가의 도움을 받는 것은 좋은 일
이 아니라고 그는 생각한다. 게다가 이런 도움 뒤에는 반드시
대가를 요구하게 마련이다.

"뭐가 하지만이야? 다른 사람들의 호의를 거절하는 것이 무조건 예의가 바른 것은 아니야. 이런 호의는 달게 받아도 돼."

상두의 얼굴에 한 줄기 빛이 감돌았다. 더 이상 돈 걱정 하지 않고 공부에 전념할 수가 있게 된 것이다. 어머니의 깊은 한숨도 한시름 더 덜어주게 된 것 아닌가.

상두는 이 기쁜 소식을 어머니에게 들려줄 생각을 하니 가슴이 벅차 견딜 수가 없었다.

CHAPTER **10**
사채꾼 사냥

아직 방학이 일주일가량 남았다.

 이때가 학생들에게는 가장 불안하며 지루한 때이다. 학교 갈 날이 얼마 남지 않았으니 불안하고 할 건 다 해봤으니 지루한 때이다. 하지만 상두는 불안하지도 지루하지도 않았다.

 그는 지금 수련 중이다.

 언제나 수련은 그에게 즐거운 일상이자 모든 것이었다. 여기서도 예외는 아니다. 물론 이곳에 적응하느라 수련을 게을리한 것도 사실이지만 어느 정도 적응한 지금은 다르다.

 그의 주변으로 여러 그루의 나무가 쓰러져 있었다. 모두가 도끼질로 잘린 것이 아닌, 말 그대로 허리가 부러진 채 쓰러져 있었다.

"하압!!"

그는 기합과 함께 주먹을 내질렀다!

동시에 그의 주먹에서 반투명의 기류가 형성되더니 빠르게 뿜어져 나갔다.

쿠구구구궁!

요란한 소리와 함께 세 그루의 나무가 쓰러졌다. 주먹으로 가격하지 않아도 쓰러진 것이다! 주변으로 허리가 잘린 나무들은 이런 방법으로 쓰러진 것이었다.

"후우……."

상두는 주먹을 거두며 숨을 골랐다.

"역시 이 정도 뿐인가……."

그의 표정은 밝지가 않았다.

이 정도의 위력을 나타냈음에도 그는 성에 차지 않는 것 같았다. 그것도 당연한 것이 그가 원래 가지고 있던 힘에 비하면 이것은 조족지혈이다.

"원래의 힘의 1퍼센트도 찾지 못했어."

그는 고개를 절레절레 흔들었다.

그가 예전 세계에 있을 때에는 그야말로 경천동지할 힘을 뿜냈었다. 그렇기에 마왕이라는 거대한 존재와도 대적할 수가 있었던 것이다.

하지만 이 세계에 있음으로 인해 그의 힘은 온전하게 낼 수가 없었다. 이 세계의 환경도 문제가 있었지만, 무엇보다 문제는 육체가 본래의 육체가 아니라는 점이었다. 이 육체가 생겨먹기를 굉장히 약한 것을 어찌한단 말인가.

그는 그래도 희망을 버리지 않았다.

사실 이 세계에서 이 정도의 힘만 가지고 있어도 상관이 없었다. 하지만 이 평화로운 세계에 젖어 제대로 된 몸을 만들지 못한다면 권왕이었던 그의 과거가 울 것이다.

다행히도 예전처럼 처음부터 끝까지 맨땅에 헤딩하듯 수련하는 것은 아니었다. 이미 예전 세계에서 강해지는 것에 대한 체계가 잡힌 상태여서 어느 정도 빠른 회복이 가능한 것도 사실이었다.

"이제 내려가 볼까."

그는 산을 내려왔다.

아침부터 수련을 하고 오니 기분이 상쾌했다. 게다가 쾨쾨한 매연이 아닌 자연의 산공기는 언제나 상쾌하고 신선하다.

어머니는 일터에 나가시고 아무도 없는 집.

무료하다.

힘을 이렇게 얻으면 무엇을 하나 싶다. 분출할 곳이 없는데……

이 세계에서 이 힘을 제대로 발휘할 일은 어쩌면 없을지도
모른다.

늦은 저녁.

상두는 어머니를 모시러 가기 위해 나아갔다. 원래 상두가
나오는 것을 싫어하시지만 방학 동안이니 퇴근이라도 도와드
리지 않을 수가 없었다.

"어라?"

어머니의 노점 앞에 도착했을 때 상두는 이상한 광경을 목
격하였다. 어머니가 검은 양복을 입은 누군가에게 연신 고개
를 숙이고 있었다.

"자릿세를 뜯으러 온 놈인가?"

하지만 그 모습이 그것과는 달랐다.

자릿세를 받으러 온 녀석들은 언제나 기물을 파손하며 겁
을 준다. 하지만 저자들은 절대로 부수지 않고 어머니를 겁박
만 하고 있었다.

"저 자식들이……."

그렇다고 가만히 있을쏘냐. 일단 말리기 위해 상두는 앞으
로 성큼성큼 걸어갔다.

"아줌마. 돈을 빌렸으면 이자라도 꼬박 내야 될 거 아니야!"

얼굴에 긴 상처가 있는 남자가 어머니를 때리려는 시늉으

로 손을 들었다.

빠르게 다가온 상두는 그의 손을 잡았다.

"넌 뭐야!"

남자가 상두를 노려보며 위협했다.

"나? 이분 아들 되는 사람이다. 왜 남을 겁주고 난리야?"

상두는 그를 노려보았다.

그의 눈에는 위엄이 깃들어 있었다. 금방이라도 사람을 죽일 자신이 있는 눈.

"음… 험……."

남자는 상두의 눈빛에 기가 죽었다. 이런 눈빛은 생전 처음 보는 것이었다. 게다가 팔이 부서질 것만 같을 정도로 아파져 왔다.

"이… 거 놔."

남자의 말에 상두는 그의 손목을 놓았다. 이대로 잡고 있다가는 그의 팔이 남아나지 않을 것을 상두도 느낀 것이다.

"오늘은 이만 돌아가지만, 이틀 뒤까지 이자라도 마련해놓으쇼."

남자는 그렇게 말하고 돌아갔다. 돌아가는 내내 상두에게 당한 손목을 흔들어댔다.

"어머니 무슨 일이에요?"

상두는 어머니의 안위부터 살폈다. 하지만 어머니는 아무렇지 않은 듯이 지나가듯 툭하고 말을 했다.

"너는 몰라도 된다."

어머니는 상두에게 알리지 않고 주섬주섬 기물을 리어카에 실었다.

분명히 무슨 일이 있다. 하지만 어머니는 절대로 이야기를 해주지 않는다. 아무래도 자식에게 걱정을 끼치는 것이 싫은 모양이었다.

'도대체 뭐지…….'

집으로 돌아가는 언덕에서 리어카를 미는 상두는 계속해서 생각했다.

'분명히 사채업자일 것이야.'

여러 가지 생각이 오고 갔지만 역시 이런 상황은 사채업자밖에 없었다.

그는 텔레비전에서 나오는 뉴스에서 이 세계에는 돈을 빌려주고 높은 이자를 통해 이익을 갈취하는 자들이 있다는 것을 본 적이 있다. 아무래도 어머니가 돈을 빌린 것 같았다.

"어머니 돈 빌리셨어요?"

상두의 물음에도 어머니는 묵묵부답.

대답을 하지 않는 것을 보아 분명히 빌린 것이 맞는 듯했다. 하지만 대답을 하지 않으니 물어볼 수도 없었다. 일단 그저 지켜보는 수밖에 다른 방도가 없었다.

                    *   *   *

  오늘도 상두는 수련에 매진했다.

  주변 나무들을 너무 많이 부숴놓아서 이제는 다른 곳을 알
아봐 놓고 그곳에서 수련 중이었다. 이곳은 바위들이 많고 사
람들의 왕래도 드물어 수련에도 최적인 장소였다.

  "이런 장소를 왜 이제야 구했는지 모르겠군."

  바위를 몇 개 말끔히 깨고 이마에 땀을 닦던 상두는 흐뭇한
웃음을 보였다.

  "어라?"

  이마의 머리끈이 끊어져 떨어졌다.

  구매한 지 얼마 되지 않은 것이라 절대로 그냥 떨어질 리가
없었다.

  "불길해……."

  불길한 예감이 들었다.

  "집으로 가봐야겠어."

  그에게 있어서 불길한 일을 당할 사람은 본인이 아니면 어
머니…….

  "설마……."

  상두는 빠른 걸음으로 산을 내려갔다. 이른 시간에 나와서

수련 중이고 아직 수련을 마치지 않았으니 어머니는 아직 출발하지 않으셨을 것이다.

가는 내내 불안하다.

이런 예감은 틀린 적이 없었다. 그의 촉은 누구보다 발달되어 있다고 자부하고 있으니…….

상두는 서둘러 집으로 내려왔다.

"어머니!"

어머니를 불러도 대답하지 않으신다. 상두는 시계를 보았다. 시계는 어머니가 이제 출근을 막 하실 시간이었다.

"벌써 일을 나가셨나?"

상두는 빠르게 내달려 어머니의 일터로 향했다.

일터에 도착했을 때 노점을 펴고 계시는 어머니의 모습을 볼 수가 있었다. 다행이었다. 미친 듯이 쿵쾅거리던 심장은 이제야 조금 진정이 되었다.

"후우……."

그제야 상두는 가슴을 쓸어내리며 한숨을 내쉬었다.

그는 어머니에게 들키지 않게 조심스럽게 집으로 돌아갔다. 일터에 나온 것을 알면 어머니가 또 화를 내실 것이다.

하지만 불길한 예감은 언제나 들어맞는다.

어머니의 퇴근 시간이 가까워 왔다.

"이제 가볼까?"

상두는 자리에서 일어났다. 좋지 않은 예감도 있었기에 그는 발걸음을 재촉했다.

"뭐지?"

하지만 일터에 도착했을 때.

"어머니……."

어머니의 모습은 보이지 않았다.

이상한 느낌이 들었다. 가슴이 미칠 듯이 두근거려왔다.

"아이고 상두 왔구나! 큰일 났어, 큰일!"

근처에서 떡을 파는 노점상 아주머니가 상두에게 다가왔다. 그녀의 얼굴에는 난감함이 가득했다.

"무슨 일이시죠?"

"너희 어머니가 잡혀갔어!"

"네?"

상두의 눈이 크게 뜨였다. 어머니가 잡혀가다니!

"무슨 말씀이세요?"

"검은 양복을 입은 놈들이 봉고차에 네 엄마를 태우고 갔어."

"그놈들이 누군데요!"

"사채업자들이야!"

상두의 눈이 파르르 떨려왔다. 역시 예상한 대로였다.

그는 미친 듯이 주변을 찾아 헤맸다. 하지만 이렇게 한다고 어머니를 찾을 수 있는 것은 아니었다. 두세 시간을 헤매다가 결국은 집으로 돌아갈 수밖에 없었다.

집으로 돌아간 그는 어깨를 축 늘어뜨리고는 마루에 걸터 앉았다.

막막했다.

"도대체 어디로 가야 하지……."

어떤 사채업자에게 돈을 융통했는지 전혀 알 수 없는 상황 이었다. 게다가 사채업자들이 돈을 갚지 못한 사람들의 장기 를 팔아버린다는 영화도 본 적이 있었다.

그리고 여자들은 윤락업소에 팔거나 나이가 더 많이 든 여 성들은 섬에 팔아 버린다는 말도 들은 적도 있었다.

"제기랄……!"

걱정이 돼서 견딜 수가 없었다. 걱정은 되는데 아무 것도 못 하는 지금 상황이 그는 미친 듯이 괴로웠다.

아침은 그렇게 밝아왔다.

상두는 결국 뜬 눈으로 밤을 지새울 수밖에 없었다. 어머니 가 돌아오지 않았는데 어떻게 잠을 청하겠는가.

그는 아침부터 경찰서로 달려갔다. 어머니를 구하기 위해 납치사건으로 신고했다. 하지만…….

"단순 가출인지 납치인지 우리가 어떻게 알아."

그들에게서 돌아온 대답은 그런 것이었다. 상두는 황당할 수밖에 없었다. 목격자도 있는데 왜 수사를 하지 않는 것일까?

"목격자도 있습니다."

"일단 접수는 해놓을 테니까 돌아가."

형사의 말은 정말 무미건조하며 화가 치밀어 올랐다.

"당신들 도움은 받지 않겠습니다."

상두는 그렇게 말하고 경찰서를 빠져나왔다.

경찰의 도움이 필요한 사람들에게 등을 돌리는 경찰……

정말 저들이 민중의 지팡이라고 할 수 있는 것인가?

상두는 어쩔 수 없이 자신의 힘으로 어머니를 되찾겠다 다짐했다.

그는 사방을 돌아다녔다. 하지만 무의미하게 돌아다니는 것이 아니었다. 다 계획이 있었다.

그는 일단 사채광고가 적혀 있는 명함들을 주워 모았다. 한 시간 정도만 훑었는데도 굉장히 많은 수의 명함들을 모을 수가 있었다. 돈이 필요한 사람들이 그만큼 많다는 말이다. 하지만 이런 곳에서 돈을 빌렸다가는 인생을 망칠 수도 있을 것이다.

그중 한 군데에 전화를 하였다.

반갑게 전화를 받는 놈들.

상두는 돈을 빌리기 위함이라며 그곳의 위치를 물었다. 놈은 상당히 상세하게 지리를 설명해 주었다. 돈을 빌린다니 굉장히 상냥한 말투였다. 가식적이고 역겨웠지만 참아내고 끝까지 설명을 들었다.

상두는 그곳을 향해 나아가기 시작했다.

"그놈의 얼굴은 똑똑히 기억난다."

분명히 똑똑히 기억이 난다.

어머니에게 겁박하던 그 자식의 얼굴이……

얼굴에는 긴 상처가 있었고 눈동자는 독사같이 빛났다. 그런 험악한 얼굴을 쉽게 잊을 수는 없을 것이다.

드디어 전화를 걸었던 사채업자의 건물 앞에 섰다.

"저놈들 중에는 없군."

건물 입구부터 불량하게 옷을 차려입은 놈들이 보초를 서고 있었다. 그곳에는 긴 상처의 남자는 보이지 않았다.

상두는 복면으로 입을 가렸다. 그리고 천천히 그들 앞으로 나아갔다. 갑자기 나타난 복면 괴한(?)의 모습에 당황한 불량스러운 보초들은 상두에게 거들먹거리며 나아왔다.

"네놈은 뭐……!"

하지만 말이 끝나기도 전에 두 놈은 복부를 강타당해 그대로 쓰러질 수밖에 없었다. 이렇다 할 긴장감도 전혀 없었다.

건물 안으로 들어섰다.

"뭐야, 저놈은?"

더 많은 놈들이 보였다. 그들은 갑자기 들이닥친 상두의 모습에 적잖게 당황했다.

"뭐냐, 네놈은? 다른 조직에서 보낸 놈이냐?"

그중에 조금이나마 높아 보이는 남자의 물음.

상두는 고개를 절레절레 흔들고는 손가락의 관절을 우두둑 소리를 내며 풀었다.

"아직 많이 어린놈 같은데 죽기 싫으면 꺼져라."

남자의 말에 상두는 풋 하고 웃음을 보였다. 그 모습이 기분 나쁜지 남자는 인상을 찌푸리며 말했다.

"꺼지라고, 병신아! 야, 안 되겠다. 저 새끼 죽여."

그의 명령과 함께 인상이 나쁜 '덩어리'들이 상두를 향해 나아왔다. 하지만 상두는 위축되지 않았다.

"비켜라… 죽고 싶지 않으면……."

그의 눈에서 살기가 뿜어져 나왔다.

이것은 맹수의 눈빛이다. 본능적으로 눈빛의 압도함에 위축된 모두는 뒤로 주춤 물러났다. 하지만 인간은 군집을 이루면 심리적으로 강해진다. 그들은 더 이상 물러나지 않고 앞으로 나아왔다.

"안 되겠군."

상두가 주먹을 올렸다. 그리고는 벽을 강하게 내려쳤다!

요란한 소리와 함께 우수수 무너져 내리는 콘크리트벽.

놈들은 그 모습을 보고 어안이 벙벙해졌다. 무슨 마술이라도 부린 것이 아닌가 생각이 될 정도였다. 너무도 비현실적인 모습에 그들은 믿어지지 않는 듯 헛웃음만 보였다.

"쳐라!"

남자의 명령에 나머지 놈들이 상두에게로 달려들었다. 이기지 못하리라는 것을 본능적으로 알았지만 그래도 상관(?)의 명령이 그들에게는 중요했다.

"멍청한 것들……."

상두는 별 힘을 들일 필요가 없었다. 그저 물 흐르듯 조용히 나아갔다. 차근차근 달려드는 이들의 공격을 피하고 그들의 급소를 내려쳤다.

모두가 정지된 것처럼 멈춰 섰다.

"뭐, 뭐야……."

남자는 당황했다. 마치 무협 영화를 보는 듯한 느낌이었다.

"하압!"

상두의 기합.

그 기합의 음파 때문인지 정신을 잃은 수십 명의 인원들이 후두두 낙엽처럼 쓰러졌다. 남자는 상두를 믿어지지 않는다는 표정으로 바라보았다. 현실에서 이런 일이 일어날 수가 있다는 말인가!

"여기에 있는 놈들이 네놈들 조직 전부냐?"

상두의 물음에 그는 고개를 끄덕였다.

"그렇다면 네놈이 보스냐?"

또다시 이어지는 그의 물음에 남자는 고개를 절레절레 흔들었다. 이제 보스만 확인하면 이 조직의 인원들을 모두 확인하는 것이었다.

"보스의 방은 어디냐?"

이번에는 묵묵부답.

상두는 주먹을 보이며 앞으로 나아갔다. 그러자 그는 오른편의 방을 가리켰다.

"이곳입니다."

그의 말에 상두는 고개를 끄덕이고 그곳을 향해 나아갔다.

"죽어라!!"

상두의 등 뒤로 서슬 퍼런 칼을 들고 놈이 달려들었다. 빈틈을 노린 것이다. 하지만 그것은 소용없는 일.

"삼류들은 항상 등을 노리지……!"

상두는 돌아보지도 않고 강하게 기합을 발했다!

"합!"

동시에 그의 몸에서 투기가 뿜어져 나와 놈을 날려 버렸다. 날아간 놈은 벽에 부딪쳐 정신을 잃어 축 늘어졌다.

상두는 그를 뒤로하고 안으로 들어섰다.

안에는 보스가 벌벌 떨며 일본도를 들고 있었다.

"가까이 오지 마! 가까이 오면 썰어 버리겠어!"

그의 허세 낀 으름장에도 상두는 아무런 동요를 하지 않았다. 이미 그는 전의를 상실한 상태로 보였다.

"할 수 있으면 해봐. 네놈의 부하들은 모두 쓰러져 있으니까 이제 도와줄 사람도 없어. 모여 있지 않으면 힘도 못 쓰는 바보들."

"제길!!"

보스는 그대로 상두에게로 달려들었다. 이대로 가만히 있는 것보다는 무어라도 하는 편이 좋지 않겠는가.

하지만 쉽게 당할 상두가 아니었다. 일본도를 살짝 피해 그의 멱살을 거머쥐었다. 놀라운 힘으로 성인 남성을 그대로 들어 올렸다.

"도대체 그 썩어빠진 돈으로 얼마나 많은 사람에게서 피를 빨아먹다은 것이냐!"

상두는 분노에 찬 목소리로 그에게 으름장을 놓았다. 발버둥치는 보스는 더 이상 반항할 수가 없었다.

"켁켁……! 사, 살려줘!!"

상두는 그를 바닥에 집어 던졌다. 보스는 그대로 무릎을 꿇어서 상두에게 손이 발이 되도록 빌었다.

"살려주게… 목숨만은 살려주게……!"

"네놈들은 목숨이 아깝다!!"

상두는 주먹을 들어 내려쳤다!

뿌드득 하는, 뼈가 으스러지는 소리가 사방으로 퍼져나갔다.

"크아악!"

보스는 커다란 비명을 질러댔다. 하지만 죽지는 않았다.

"죽여 버리고 싶지만, 힘을 제대로 못 쓸 정도로만 손 봐줬다."

그의 다리의 힘줄이 끊어졌다. 힘이 들어가지 않은 다리는 축 늘어져 있었다.

"다시 한 번 이 짓을 하면 그때는 정말로 죽여 버리겠다."

상두의 살기 어린 눈빛.

보스는 고개를 끄덕일 수밖에 없었다. 그의 확답을 들은 상두는 차가운 얼굴로 밖으로 나갔다. 뒤이어 보스의 귀에 뿌드득뿌드득 하는 소리가 들려왔다. 그와 함께 외마디 비명들도 그의 귀를 가득 채웠다.

밖으로 나온 상두는 복면을 벗었다.

"후우… 이곳은 아니로군."

실망이었다. 이곳에서는 그 긴 상처의 남자를 찾을 수가 없었다.

"후우……."

상두는 큰 한숨을 내쉬었다.

"그래도 힘내자. 이 일대 사채업자들을 다 뒤지면 언젠가 찾을 수 있겠지."

어차피 첫술에 배부를 생각은 없었다. 그래도 마음이 초조해지는 것은 어쩔 수가 없었다.

상두는 방금 나온 건물을 바라보았다. 무슨 일이 있었느냐는 듯 조용한 건물.

"이제 이놈들은 다시는 그런 일을 하지 못하겠지?"

이곳에 있는 조직원들 모두의 한쪽 다리를 못 쓰게 만들어 놓았다. 영구히 고칠 수 없을 정도로 망가뜨려 놓았다. 다시는 이런 일을 할 수가 없을 것이다.

"쓰레기 같은 놈들……."

쓰레기도 이런 쓰레기들이 없다.

사람들에게 조그마한 돈을 빌려주면서 큰돈으로 받아 챙긴다. 만약 돈을 갚지 못하면 인간으로서 상상할 수 없는 짓들을 벌인다. 마치 체액까지 쪽쪽 빨아먹는 거머리 같은 놈들.

"이런 놈들이 이 세상에 살아간다는 것 자체가 산소가 아깝다."

모두 그대로 죽여 버리고 싶었지만, 이 세계는 법이라는 것이 존재한다. 살인은 어떠한 상황에서도 이뤄져서는 안 되는 죄인 것이다. 상두는 이가 갈렸지만 참아내기로 했다.

*　　*　　*

소파에 앉은 뚱뚱하지만 험상궂게 생긴 한 남자가 담배를 벅벅 피운다.

"사채꾼 사냥이라……."

최근 며칠간 소위 말하는 캐피탈 사무실의 상당수가 문을 닫았다. 그곳에 속해 있는 조직원들이 모두 다리가 부러져 더 이상 힘을 못 쓰게 되어 사업을 재개하고 싶어도 못하게 된 것이다. 대부분 사장들은 마치 저승사자라도 만난 사람들처럼 넋이 나가기도 했다.

커다란 규모의 캐피탈은 이미 거의 다 문을 닫고 이제는 이 '한빛 캐피탈'만 남아 있었다.

언제고 이곳도 사냥당할지 모르는 상황. 이 한빛 캐피탈의 사장인 이 뚱뚱한 남자 '방석호'는 당연히 불안할 수밖에 없었다.

"도대체 어떤 미친놈이야."

사채꾼을 사냥하는 자는 바람처럼 나타나 모조리 박살을

내고 사라진다고 한다. 검은 옷에 검은 복면을 하고 있어 절대로 정체를 알 수가 없었고, 나이가 생각보다 어리다는 것만 알려진 상태였다.

담배를 벅벅 피우고 있는 가운데 누군가가 들어왔다.

"오 왔나, 독사."

들어온 사람의 얼굴에는 긴 상처가 있었다.

"형님 왜 또 그렇게 담배를 태우십니까."

"사채꾼 사냥 때문에 그렇다."

사채꾼 사냥이라는 말에 독사의 눈초리가 번뜩인다. 그 사건이 그에게도 적잖은 부담으로 작용하는 것 같았다.

"그것은 걱정하지 마십쇼. 제가 다 알아서 할 테니까."

그의 자신만만한 말에도 방석호는 그저 담배만 벅벅 피워댔다.

"그건 그렇고 그 아줌마는 어떻게 할 거냐?"

"아무리 뒤져봐도 돈 나올 구멍이 없습니다. 장기라도 팔아볼까 싶었는데 나이가 많아서 좋은 장기가 나올 거 같지도 않습니다. 사창가에 파는 것도 역시 나이가 많아서 곤란합니다."

"그럼 섬에 팔아 버려."

"그게 더 좋을 것 같긴 합니다."

두 사람의 대화는 보통사람의 대화와는 많이 달랐다.

장기를 팔아라……. 사창가에 팔아라…….

마치 악귀가 대화하는 것 같았다. 어쩌면 저렇게 사람의 생명을 귀히 여기지 않는 것일까? 그들에게 사람의 생명은 아무것도 아니란 말인가.

이야기를 마치고 독사가 일어났다.

"그럼 처리하러 가겠습니다."

그렇게 말하고 그는 고개를 숙여 인사했다.

"그래 네 녀석이라면 일 처리가 신속하니까."

독사는 웃음을 보이며 밖으로 나갔다.

독사가 나가고 몇 분의 시간이 흘렀을까.

"으아악!"

비명 소리가 들려온다. 무엇엔가 놀라는 비명 소리가 아니다.

이것은 어딘가에 부상을 입은 자가 내는 비명.

심상치 않다.

심상치 않은 정도가 아니다.

"크아악!"

또 들려온다.

이제는 많은 사람의 비명 소리가 연이어 들려온다. 모두가 익숙한 목소리들이다. 이것은 이곳의 조직원들이 내지르는 비명 소리이다.

방석호는 갑자기 온몸이 덜덜 떨려왔다.

"사채꾼 사냥이 시작된 건가……."

드디어 사채꾼 사냥이 시작된 것이다.

"빌어볼까? 아니면 돈이라도 찔러줘?"

하지만 그런 것으로 진정될 놈이라면 사채꾼 사냥을 시작도 안 했을 것이다.

"그래……. 이대로 당할 수만은 없어."

그는 벌벌 떨면서 그의 책상에서 무언가를 꺼냈다. 가만히 있는 것보다는 저항이라도 하는 것이 더 '가오'가 산다. 그가 책상에서 꺼낸 것은 서슬 퍼런 느낌의 잭나이프 두 자루였다.

"오기만 해봐. 찌를 거다. 죽일 거다."

그는 마치 주문처럼 중얼거렸다. 계속 이렇게 되뇌지 않으면 공포가 그의 온 신경을 점령할 것만 같았다.

"나도 이 바닥에서 산전수전 다 겪은 놈이야."

그렇게 읊조리는 그의 손에 들린 잭나이프로 그는 이 바닥을 주름 잡았다. 낭만파 주먹이 지고 연장을 든 조폭들이 성행할 때 그는 이 두 자루로 이름을 날렸다. 그렇게 이름을 알리다가 이제는 사채업으로 눈을 돌린 지 반 십 년. 이제 자리를 잡아 가는 찰나에 이런 일이 일어나다니……. 다시 생각해보니 화가 치밀어 올랐다.

"도대체 어떤 새끼가 내 행복을 깨는 거야!"

그의 외침과 함께 문이 덜컹 열렸다.

"지금 네 녀석의 행복이라고 했나? 우습지도 않군."

검은 옷에 검은 복면을 한 놈이 나타났다. 소문의 사채꾼을 사냥하는 자의 모습과 같았다.

"네놈이냐? 사채꾼 사냥을 한다는 놈이."

그의 물음에 놈은 그저 풋 하고 웃음을 보였다.

"네놈들을 사냥해서 내가 보는 이득이 뭔데? 난 그저 사람만 찾고 있을 뿐이다."

역시 목소리가 앳되다.

그것은 어리다는 것.

어리다는 것은 그도 어떻게 해볼 수가 있다는 것.

"죽어라!"

그는 빠르게 달려들었다.

살집이 가득 잡힌 겉모습과는 달리 엄청나게 빠른 속도였다. 그는 이 바닥에서 잭나이프로 먹고 살아온 사람이다. 아무리 보스가 되어 배에 기름이 붙었다고 해도 날렸던 가락은 남아 있다. 이대로 쓰러질 사람이 아니다.

"크억……!"

하지만 숨이 턱 막혀 온다.

복부가 아릿하다. 주먹이 날아왔는지 발차기가 날아왔는지 보지도 못했다. 아니 보이지 않았다. 아무리 나이를 먹은 그라고 하지만 주먹이나 발차기를 보지 못할 리가 없었다. 그 역시 주먹으로 먹고산 자가 아니던가.

"어떻게……."

그는 그대로 무릎을 꿇었다.

주먹이 보이지 않는다는 것과는 차원이 달랐다. 인간의 한계를 넘은 속도였다. 아무리 보이지 않았다고는 하지만 그것만은 확실했다.

세상에는 알 수 없는 일들이 일어나곤 한다. 지금의 그의 앞에 선 놈은 그 알 수 없는 일들의 연장선에 있는 존재였다.

사람이 아닌 것 같았다.

이것은 도깨비가 아니고서야 이런 일이 일어날 수가 없었다.

바로 그 도깨비 같은 놈이 멱살을 거머쥐고 흔든다. 힘없이 그의 손길에 당할 수밖에 없었다. 그는 방석호에게 물었다.

"이곳에 얼굴에 긴 상처를 가진 독사같이 생긴 놈이 있나?"

있다.

그런 놈이 있기는 하다.

"독사… 말이냐……?"

그의 말이 마치기도 전에 그의 턱으로 주먹이 날아왔다. 그는 그대로 정신을 잃었다.

조직원들의 다리를 모두 아작을 내고야 비로소 상두는 밖으로 나왔다. 이곳에 분명히 독사라는 놈이 있다. 어머니를 납치한 놈이 있다.

"이곳에 있는 놈이었군."

밖에서 대기하고 있다면 그놈의 모습을 찾을 수 있을 것이다.

그때에 자동차가 그를 스쳐지나간다.

그때 문득 운전자 얼굴에 난 상처가 눈에 들어왔다. 기다란 상처. 그리고 그의 뒷좌석에는 누군가가 묶여 있는 모습이 희미하게나마 보였다.

"어머니?"

상두는 그 실루엣이 어머니임을 직감했다.

아니 어머니가 아니래도 구해야 할 것이다. 하지만 상두는 어떻게 할 수가 없었다. 아무리 빠르게 달린다고 해도 자동차를 뒤쫓을 수 없는 노릇이다.

"아, 저기 오토바이가!"

일전에 학교 친구 중 하나가 오토바이를 가르쳐준 적이 있었다. 너무 위험하고 사람들의 보는 시선이 좋지 않아 다시는 타지 않았다. 하지만 지금은 그런 것을 따질 때가 아니었다.

"잠시만 오토바이 좀 빌리겠습니다!"

잘빠진 R스타일의 오토바이를 타려고 하는 운전자를 밀쳐 내고는 오토바이에 올랐다.

"이 자식아! 오토바이 내놔!!"

운전자가 상두에게 달려들었지만 이미 상두는 출발했고 운전자는 그를 놓칠 수밖에 없었다.

"야 이 새끼야! 내 오토바이 내놔!!"

"미안합니다!! 꼭 돌려 드릴게요!"

상두는 그렇게 말하고 더욱더 속도를 올렸다.

"제기랄… 왜 저렇게 운전을 잘해."

독사는 상당히 운전을 잘하고 있었다. 차가 생각 외로 많았 는데도 그의 속도는 전혀 줄지 않았다.

상두는 고전하고 있었다. 아무리 배운 적이 있다고 해도 오 토바이로 묘기에 가깝게 차를 피하는 것은 어려운 것이 사실 이었다. 이미 도심에서의 오토바이가 낼 수 있는 속력의 한계 를 넘었다. 그래도 어느 정도 시간이 지나 적응이 끝난 상두 는 놀라운 반사신경으로 자동차를 잘도 피해 나아갔다.

그렇게 따라붙는 것을 독사의 차량도 눈치챈 것 같았다. 이 리저리 오토바이가 따라올 수 없게 차를 몰았다.

그렇게 벌어진 추격전은 시 외곽까지 이어졌다.

시 외곽에 도착하자 독사의 차량은 서서히 속도를 줄였다. 그들이 도착한 곳은 사람들의 왕래가 적은 도로였다.

독사가 내렸다.

그의 얼굴에는 귀찮음이 가득했다. 아무래도 도시에서 미행자를 처리하기에는 사람들의 눈이 두려운 것이었다. 하지만 이렇게 사람들이 많이 없는 장소라면 처리해도 문제가 생기겠는가.

"너 이 새끼 뭐하는 놈이냐?"

상두는 헬멧을 벗었다. 그러자 드러난 검은 복면.

"오호라. 네놈이 그 사채 사냥꾼인가 하는 그놈이냐?"

그는 혀를 날름거리며 품속에서 사시미칼을 꺼냈다.

"왜 꼭 악당들은 혀를 날름거리는 거지?"

상두의 말에 독사는 풋 하고 웃음을 보이며 달려들었다.

"나는 악당이 아니라서 모르겠다!"

독사의 칼놀림은 예사롭지 않았다.

굉장히 빠르고 날카로웠다. 이 정도 속도와 예리함이라면 죽이지 않고 제압하기는 힘들다. 하지만 절대로 죽여서는 안 된다. 이 세계의 법은 꼭 지켜야 하니.

상두는 난감했다.

칼이라는 것이 생각보다 무서운 무기다. 무턱대고 덤벼들었다가는 칼에 베일 것이고 그렇게 되면 피가 쏟아진다. 그것을 무시하고 싸우다가는 피를 많이 쏟아 쇼크사할 수도 있다.

지금 상두의 육체는 완전히 단단해진 것이 아니다. 분명 저

칼이라면 상처를 입을 수 있을 것이다.

그렇게 피하던 그의 눈에 독사의 차 안에 묶여 있는 인물의 얼굴이 보였다. 입 부분이 녹색 테이프로 봉해져 있지만 분명히 알 수 있었다.

"어머니……!"

어머니가 있는 것을 확인한 상두의 눈이 번뜩였다. 분노가 이글거리며 타올랐다. 그와 함께 알 수 없는 힘이 솟아올랐다.

"어, 어, 어!"

독사는 당황했다.

그는 빠르게 칼을 놀렸지만 그것보다 더 빠른 속도로 상두가 파고들었다. 그의 칼놀림이 무뎌진 것도 느려진 것도 아니었다.

"이 빌어먹을 새끼가!"

독사는 이제 겁을 집어먹고 있었다. 복면 위로 빛나는 상두의 눈빛은 숫제 흉폭한 사자의 눈빛이었다. 아무리 살인을 하는 사람이라고 해도, 아무리 악독한 사람이라고 해도 맹수의 눈빛 앞에 겁을 집어먹지 않을 수는 없다.

이것은 마치 숲속에서 백두산 호랑이를 만났을 때의 기분과 다를 바가 없었다.

두려움에 빠진 인간의 몸은 많이 둔해진다. 그의 칼놀림도 조금 전과는 많이 달라졌다. 상두는 무뎌진 사시미칼이 들려진 그의 팔을 움켜잡았다.

독사의 눈이 크게 뜨여졌다. 그의 손에서 전해지는 악력은 마치 팔목을 부숴버릴 것만 같이 강렬했다.

"크아악!!"

독사의 비명에도 아랑곳하지 않고 상두는 그의 팔을 꺾었다. 뿌드득 하는 소리와 함께 그의 팔에서 힘이 빠졌다. 부서진 것이다.

휘청거리는 독사의 다리를 걸어 그대로 넘어뜨린 상두는 그의 위로 올라가 사시미칼을 빼앗았다.

독사는 아픔과 함께 두려움이 몰려왔다. 이빨이 다닥다닥 부딪쳐 왔고 온몸이 덜덜 떨려왔다.

"사, 살려줘……!"

가증스러운 놈이었다.

"많은 사람을 죽음에 가까운 절망감에 빠뜨려 놓고 네놈은 살겠다고? 많은 사람의 인생을 망쳐 놓고 네놈은 살겠다고?"

상두는 사시미칼을 높이 들었다. 독사의 눈에는 이제 공포가 극에 달해 눈물이 흘러내렸다.

"사… 살려줘……."

"그 입 닥쳐라!!"

상두는 사시미칼을 힘차게 내렸다.

"으아아아악!!"

독사는 비명을 질렀다. 하지만…….

"어…라……?"

상두는 찌르지 않았다. 독사의 코 1센티 정도 앞에서 진행을 멈춘 것이다. 독사의 하의가 소변으로 축축하게 젖어갔다.

찌를 수 없었다. 어머니가 보고 있는 앞에서 사람을 죽일 수는 없었다. 아무리 독사같이 영악하고 악마 같은 놈이라고 해도 목숨을 거두는 것은 그의 일이 아닌 것 같았다.

상두는 독사의 양팔의 힘줄을 끊고는 사시미칼을 멀리 집어 던졌다.

"양팔의 힘줄을 끊었다. 이제 더 이상은 악행을 하지 못할 것이다. 평생을 후회하며 살아가라!"

상두는 일어나 차 문을 열었다. 그리고 어머니의 입을 막은 테이프를 천천히 떼어냈고, 온몸을 포박한 밧줄도 풀어 주었다. 그리고는 경찰에 전화를 했다.

"여기 납치범을 잡았습니다. 경찰을 보내주십시오."

하지만 경찰은 웃어넘기기만 했다. 이런 류의 장난전화가 제법 오는 모양이었다.

"아아. 오시지 않는다길래 납치범을 죽였습니다."

상두의 말에 수화기 너머의 경찰관은 깜짝 놀랐다. 상두는 더 이상 말하지 않고 전화를 끊었다.

"곧 있으면 경찰이 올 겁니다."

그렇게 말하고 오토바이에 올라타려는 상두에게 어머니가 말했다.

"목에 상처가 났다."

아무래도 독사의 칼놀림에 살짝 긁힌 모양이었다.

"괜찮습니다. 이 정도 상처는."

그렇게 오토바이 시동을 거는 도중 멀리서 사이렌 소리가 들려왔다. 게다가 구급차까지 대동하고……

"빌어먹을 놈들 그렇게 이야기해야 오고… 범죄자의 인권이 피해자의 인권보다 더 강한 모양이군."

상두는 혀를 끌끌 차고 오토바이를 몰아 유유히 사라졌다.

* * *

상두는 집 안 마루에 앉아 있었다.

"후우… 힘든 하루였다."

몸이 지쳐갔다. 며칠간 사채꾼들을 족치러 다니다 보니 온몸이 너무 축난 것이다.

"어머니는 곧 돌아오시겠지?"

하지만 성과는 있었다. 어머니를 구출했고 곧 돌아올 것이다. 경찰에서 곧 돌려보낸다는 연락이 온 것이다.

대문이 열렸다.

"어머니!"

상두는 반가운 듯 어머니에게 달려갔다. 그녀를 부축하고 마루까지 데려오자 그녀는 지쳤는지 풀썩 주저앉았다.

"왜 말씀 안 하셨어요? 사채 같은 것을 쓰면 어떻게 해요."

"너는 신경 쓰지 않아도 된다. 목이 마르는구나. 물 좀 가져오련?"

상두는 냉장고에서 보리차를 한 잔 따라 어머니에게 가져갔다.

"너는 걱정 말고 공부나 열심히 해라. 우리 가족이 살 길은 그것뿐이다. 엄마 걱정은 하지 마라. 어떻게든 네 공부는 다 시켜줄 테니까."

어머니는 그렇게 말하고 물을 벌컥벌컥 마셨다. 그러던 그녀의 눈이 커졌다.

"그건 웬 상처니?"

상두의 목에 난 상처를 발견한 것이다. 상두는 잠시 당황했다. 어머니를 구해줄 때 자신의 정체를 드러내지 않았다. 그가 강한 힘이 있다는 것을 어머니가 눈치라도 채면 영혼이 바뀐 것을 들켜버릴지도 모른다.

"아아……. 길 가다가 나뭇가지에 긁혀서 생긴 자국이에요."

그렇게 대충 얼버무렸지만 어머니는 의심을 눈초리를 버리지 않았다. 아무래도 독사를 박살 낸 것이 자신의 아들이 아닌가 의심하는 것 같았다. 하지만 이내 의심을 거두었다. 그녀의 눈앞에 벌어진 사건은 자신의 아들이 벌였다고 하기에는 너무도 엄청난 일이기 때문이다.

그 모습은 마치 살인을 밥 먹듯 저지르는 사람의 모습과 같았다.

'상두일 리가 없다.'

그녀는 그렇게 생각하고 고개를 절레절레 흔들었다.

"무슨 일을 하고 다니는지는 모르겠지만 쓸데없는 짓 그만해라. 너는 공부만 하면 되는 거야."

어머니의 말에 상두는 고개를 끄덕였다.

'이제 좀 조심해야겠어.'

속으로 다짐했다.

들켜버리면 상두에게도 어머니에게도 좋지 않다. 상두는 지금의 어머니를 모시는 삶이 좋았다. 그런 삶이 깨져 버린다면 그는 삶의 의욕을 잃을지도 모른다. 어머니 역시 본인의 자식이 진짜 자식이 아니라는 사실을 알면…….

'그런 생각은 말자…….'

상두는 고개를 절레절레 흔들며 정신을 다잡았다.

CHAPTER **11**
데이트

방학이 끝났다.

다시 학교로 등교하는 박상두다. 오랜만에 학교로 돌아갈 생각을 하니 기쁜 것이 사실이었다. 집안에만 처박혀 있으려니 좀이 쑤셔왔던 것이다.

그는 거울로 자신의 몸을 바라보았다. 교복으로 가려져 있기는 했지만 그의 몸은 이제 완전히 다부져졌다. 육체는 더 이상 단련하지 않아도 될 정도로 단단해진 것이다.

교실에 들어서자 역시나 언제나처럼 시끌벅적하다. 이런 분위기가 그리 좋은 상두는 아니었지만 그리웠던 것이 사실이다.

많은 아이들의 얼굴이 구릿빛으로 변해 있는 것을 볼 수가 있었다. 아무래도 방학기간 동안 여행을 다녀온 아이들이 많은 것 같다.

몇몇 여자아이들이 상두에게 다가와 어디 갔다 왔는지, 왜 자율학습은 참여하지 않았는지 여러 가지를 물어대기 시작했다. 상두는 이제 여자아이들도 관심을 가지는 그런 아이가 된 것이다.

약간 귀찮은 상두는 옅은 미소와 함께 그녀들을 뿌리치고 자신의 자리에 앉았다.

"그동안 잘 지냈어?"

상두는 수민에게 인사했다. 2학년 때도 같은 반이었는데, 3학년 때도 같은 반이다.

"잘 지냈지 그럼."

수민은 뾰루퉁하게 부어 있었다.

"왜 그러는 거야?"

"내가 너한테 그 정도밖에 안 돼?"

상두는 그녀가 왜 이렇게 삐쳐 있는지 알 수가 없었다. 삐칠 이유도 사실 없었다.

"왜 그러는 거야?"

"진짜… 어떻게 방학기간 내내 연락 한번 안 할 수 있어?"

"아… 그것 때문이야?"

상두는 골치가 아파져 왔다. 방학 동안 연락 안 한 것으로 삐치다니……. 상두는 도무지 그녀의 생각을 이해할 수가 없었다.

"아… 미안……. 여름 내내 좀 많이 바빴어."

"됐어."

상두는 짝인 수민과 관계가 어색해지는 것을 원치 않았다. 하지만 그녀는 삐친 것을 쉽사리 풀 것 같지가 않았다.

사실 상두는 핸드폰으로 연락을 주고받는 것이 그렇게 간단한 일이 아니었다. 아직도 이 스마트폰이라는 것을 제대로 사용할 수가 없었다. 그것뿐만이 아니었다. 기계를 전반적으로 잘 사용할 수가 없었던 것이다. 기계를 사용할 지식은 분명히 있지만 기계라는 것의 작동법이 그에게는 익숙지 않은 탓이었다.

특히나 요즘 아이들이 죽고 못 사는 PC조차 제대로 다루지 못하고 있다. 집에 컴퓨터가 없는 탓도 있지만 PC방이라는 그 퀴퀴한 장소에서 잘 못 견디는 탓도 있었다.

아무튼 수민의 눈치를 보느라 점심시간까지 시간이 어떻게 갔는지 몰랐다. 밥도 먹는 둥 마는 둥 했다.

"상두야!"

"상두야!"

점심시간이 되자 여자아이들이 상두를 향해 몰려왔다. 상두는 그녀들을 피해 다른 곳으로 가려고 했지만 돌아서는 길에도 여자아이들이 몰려 있어 도망칠 수가 없었다. 이들은 상두가 교실로 가서까지 따라붙었다.

"상두야 이거 받어. 이건 필리핀에서 사왔어."

"이건 태국에서 사왔어."

그녀들은 상두에게 여러 가지 선물 공세를 펼쳤다. 여행을 갔다가 그를 생각하며 사온 물건이라며 꼭 받으라고 했다.

난감했다.

상두는 대가 없이 선물을 받는 것에는 익숙지가 않았다. 그래서 이 선물을 어떻게 해야 할지 도무지 알 수가 없었다.

"잘해봐, 잘해보서."

수민의 눈초리가 다시 따갑다. 아침에도 제대로 풀리지 않았는데 이런 일로 또다시 그녀의 눈이 차가워졌다.

또다시 난감하다.

그녀는 학교에서 상두가 가장 친하다고 생각하는 친구가 아닌가. 그런 그녀와 사이가 어긋날까 그는 노심초사했다. 오랜만에 돌아온 학교생활은 조금 힘들게 돌아가고 있었다.

이제 수능도 얼마 남지 않았다.

진도도 모두 다 나갔고, 고3들 모두 이제는 계속 복습을 병행하며 수능 막바지 준비를 하고 있었다. 아이들이 힘든 것도 있고 내일이 모의고사 날이기도 해서 교장의 재량으로 오늘은 단축수업을 하기로 결정되었다.

아이들은 모두 환호성을 질러댔다. 모두 어디를 갈 것인가 이야기가 오가고 있었다. 내일이 시험이라는 것을 전혀 생각지도 않는 모양이다. 그것도 그럴 것이 수시를 생각하는 아이들은 모의고사를 신경 쓰지 않아도 되니 말이다.

"상두야, 오늘 어디 갈 거야? 우리랑 노래방 갈래?"

"상두야, 우리랑 시내 갈래?"

여자아이들이 상두에게 들러붙는다.

피팅모델도 했고 여러 가지 터프한 사건에 휘말리다 보니 소문의 아이돌(?)이 된 것이다.

"에혀……."

수민은 그 모습을 보며 한숨을 내쉬며 책가방을 쌌다. 상두는 이제 더 이상 범접할 수 없는 존재가 된 것만 같았다.

'이게 무슨 꼴이람… 집에 가고 싶은데…….'

상두는 속으로 한숨을 내쉬며 읊조렸다.

여자아이들에게 이끌려 상두는 운동장까지 나아온 것이다. 많은 여자아이들이 자기네 패거리가 상두를 데려가겠다고 난리를 치고 있었다.

이러한 상황을 어떻게 해결해야 하는지 그는 방법을 알지 못했다. 저 멀리서 노려보는 수민의 눈초리도 엄청나게 부담스럽다.

"어?"

그때 한 줄기 빛이 그에게 다가왔다.

"손연지!"

손연지였다.

그녀가 다시 이 학교에 등장했다. 모든 학생이 웅성거렸다. 1년 전에 이어 다시 그녀가 나타났다. 만나려는 것은 분명히 박상두.

"연지야!!"

상두는 그녀가 반가운지 여자아이들을 떨쳐내고 미친 듯이 달려갔다. 여자아이들은 상두를 놓아줄 수밖에 없었다.

잘 나가는 스포츠 미녀 스타.

최고의 CF 모델⋯⋯.

그야말로 '넘사벽'이다. 정말로 넘을 수 없는 사차원의 벽이 둘러싼 듯한 아우라를 풍기는 그녀였다. 이런 여자에게 그녀들이 상대나 되겠는가?

"웬일로 나를 그렇게 반갑게 맞이하는 거야?"

"일단⋯ 일단 가자."

상두는 그녀를 이끌고 그녀의 벤 차량에 몸을 실었다. 그 모습을 본 수빈은 질투로 눈동자가 이글이글거렸다. 그녀 주변의 아이들은 섬뜩한 기운에 물러날 수밖에 없었다.

"후우……."

차에 들어오자마자 그는 깊은 한숨을 내쉬었다. 아이들을 따돌린 안도의 한숨이었다.

"나보다 더 인기인이시네."

연지의 비아냥에 상두는 인상을 찌푸리며 말했다.

"그런 소리 하지 마. 일찍이라도 마치는 날이면 지옥이나 다름이 없어."

인상 쓰는 모습이 귀여운지 그녀는 풋 하고 웃음을 보였다.

"못 보던 사이에 애늙은이 같던 모습은 많이 사라졌네."

"그런가?"

상두는 희미하게 웃음을 지었다. 아무래도 상두로 살려고 노력한 것이 결실을 맺는 것 같았다.

"오늘은 무슨 일이야?"

"일은 무슨 일, 상두 너 만나러 왔지. 오늘도 나와 데이트 할 수 있지?"

데이트라는 말에 상두는 잠시 머뭇거렸다. 지난번에도 데이트를 했다가 스캔들 기사가 터져 애를 먹었지 않는가.

"왜? 하기 싫어?"

"할 수는 있지만, 지난번처럼 시끄러워지는 건 원치 않아."

"그래. 그래서 오늘은 조용한 곳에서 데이트를 할까 싶어."

"조용한 곳?"

"오늘은 너희 집에 가고 싶어."

상두는 잠시 망설였다.

"우리 집?"

"왜? 안돼?"

"안 되는 건 아니지만……."

상두는 조금은 난감했다.

그의 집이 부끄러운 것은 아니었다. 생활의 불편함이 없는 그런 집이었다. 하지만 그것은 상두의 기준일 뿐이고, 다른 사람들, 특히나 부유한 생활을 하는 사람들에게는 분명히 불편할 집이었다. 연지 역시 그럴 것이 분명했다.

"우리 집은 재밌는 것도 없고, 놀 거리도 없는데……."

"상관없어. 괜찮아. 그냥 오늘은 너와 조용하게 오붓하니 지내고 싶은 거니까."

상두는 내키지는 않았다. 하지만 어쨌든 그녀와 함께 자신의 집으로 향할 수밖에 없었다. 그녀의 고집을 꺾을 자신이 없기 때문이었다.

"여기가 너희 집이구나……."

상두의 집 마당에 들어선 연지는 웃음을 지었다.

"많이 허름하지?"

"좀 그러네. 하지만 예뻐."

많이 허름한 집이었다. 하지만 마당에는 작은 꽃밭이 있었고 꽤 정성스레 가꿔져 있었다.

"이 꽃들 누가 키운 거야?"

그녀의 물음에 상두는 자신을 가리켰다. 꽃을 키우는 것도 수련의 일종이다. 마음의 평정을 만드는 것에 꽃을 키우는 것보다 더 좋은 것은 없었다.

"이런 것도 할 줄 알아? 의외네."

연지는 의외의 상두의 모습에 웃음을 보였다.

"일단 안으로 들어가."

그녀는 상두의 방으로 들어갔다.

퀴퀴한 남자 냄새가 그녀의 코를 찔렀다. 잠시 인상을 찌푸렸지만 싫지만은 않았다. 아니 상두의 채취라는 생각에 조금은 가슴이 두근거리는 것도 사실이었다.

"방이 지저분할 줄 알았는데 정돈이 잘 되어 있네."

정리정돈은 잘 되어 있었다. 옷은 아주 깨끗하게 개어놓고 있었고, 책상도 어지럽지 않았다. 보통 그 나이 때 남자의 방 같이 보이지가 않았다.

"깨끗한 방에서 깨끗한 정신이 샘솟는다고 배웠으니까."

"누구에게?"

"비밀."

"치……."

상두는 잠시 연지를 방에 있으라고 한 다음 부엌으로 향했다. 이윽고 갈색의 음료를 가지고 들어왔다.

"미숫가루야. 마셔. 줄 게 이것밖에 없네."

"미숫가루 오랜만에 마신다."

연지는 그것을 받아 마셨다.

하지만 이내 분위기가 어색해진다.

항상 활달하고 당당한 모습의 연지였지만 오늘따라 뭔가 차분해 보였다. 상두도 어색하기는 마찬가지. 언제나 분위기를 주도하는 연지가 조용하니 어색할 수밖에 없었다.

"상두야."

어색함을 깨기 위함인지 그녀가 상두를 불렀다. 무심결에 상두는 연지를 바라보았다. 그의 입으로 그녀의 입술이 다가왔다.

"읍!"

그녀의 기습 키스!

상두는 놀라 덜렁 누워 버렸다.

"이, 이게 무슨 짓이야."

"가만히 있어봐."

그녀가 그의 위로 올라왔다. 상두는 정신이 혼미해짐을 느꼈다. 이전 세계에서도 수련을 위해 여자를 잘 품지 않은 그였다. 이런 상황은 그에게 당황스러울 수밖에 없었다.

"왜… 왜 이러는 거야……."

손연지도 상두도 아직 미성년자. 이런 일을 할 수 있는 나이가 아니었다.

"아, 아직 우리는… 아직……."

상두의 입술로 천천히 다가오는 손연지. 그녀의 촉촉한 입술이 눈에 커다랗게 들어온다. 상두는 당황하여 눈을 감아 버렸다.

얼마쯤 지났을까?

"푸하하핫!"

갑자기 터진 그녀의 웃음소리에 상두는 눈을 크게 떴다.

"이… 이게 무슨 짓이야."

그제야 상두는 뒤로 빠르게 물러날 수가 있었다. 그녀는 상두의 당황하는 모습을 보고는 배꼽을 잡고 웃고 있었다.

"하하, 너의 이런 면이 난 참 좋아."

"짓궂구나, 너."

상두의 투덜거림에 그녀는 상두를 뚫어져라 쳐다보았다. 상두는 얼굴을 붉히며 헛기침을 했다.

"사람들은 나를 여신이라고도 하고 어떤 이들은 나를 성적인 대상으로 삼지. 하지만 너는 나를 있는 그대로의 손연지로 받아주니까……. 그래서 네가 참 좋아."

상두는 그녀의 말에 머리를 긁적였다.

"나 러시아 가. 어쩌면 한국으로 안 돌아올지도 몰라."

"갑자기 무슨 말이야? 오랜만에 나타나서는!"

상두는 당황했다. 러시아라면 아주 먼 나라가 아닌가.

"체조협회가 너무 힘들게 해…… 차라리 귀화라도 해서 러시아에서 운동할까 봐. 물론 러시아에는 괴물 같은 애들도 많지만 체조의 본고장이니까 꼭 제대로 해보고 싶어."

"그렇구나……."

"아쉬운 거야?"

"그럼, 친구가 떠나는데……."

상두의 말에 손연지는 알 수 없는 미소를 지었다.

"그렇구나… 난 너한테 그저 친구였구나."

그녀는 조그마한 한숨을 내쉬었다.

"아무튼……. 난 이제 가야겠어."

그녀가 일어났다. 상두도 같이 일어났다.

"벌써 가게? 조금 더 놀다 가지."

"러시아 갈 준비를 해야 하니까."

"그래, 러시아 가서도 항상 평소의 너처럼 활달하게 지내기를 바랄게."

"고마워."

그녀는 그렇게 문을 열고 밖으로 한 발짝 내밀더니 말했다.

"끝까지 너는 아쉬워하지 않는구나."

그녀는 그렇게 웃으며 떠나갔다.

갑작스러운 이별이었다. 좋은 친구가 하나 떠난 것 같아 상두는 아쉬웠다. 하지만 친구는 어디에 있어도 친구일 것이다.

하지만 마지막 그녀의 말이 가슴에 남았다. 끝까지 아쉬워하지 않는다는 말……. 그 말이 이상하리만치 그의 가슴을 아리게 만들었다.

"어라?"

눈물이 흘렀다.

왜 흘렀는지는 모른다. 알 수 없는 눈물이 또르르 흘러 마룻바닥을 적셨다.

다음 날 학교.

수민의 얼굴이 무척이나 밝아져 있었다. 그녀는 오늘 아침 인터넷에 기사에서 손연지가 러시아로 간다는 기사를 읽은 것이다. 라이벌이 하나 떨어져 나갔으니 기분이 좋을 수밖에 없었다.

하지만 상두가 교실로 들어오자 밝은 인상을 지우며 도도하게 바꿔 놓았다.

"안녕."

상두는 밝은 얼굴로 인사하고 책상에 앉았다. 의외로 밝은 모습에 수민은 이상했다. 손연지가 떠났으니 당연히 슬픈 표정을 지을 것이라고 생각한 것이다.

"왜 그렇게 밝은 거야?"

"뭐가?"

"손연지가 러시아 갔잖아. 슬프지 않아?"

"무슨 소리야. 친구는 어디를 가 있어도 친구야. 슬플 필요
가 있나?"

상두의 말에 수민은 의아했다.

정말 손연지와 상두는 아무런 사이가 아니었단 말인가? 하
지만 일부러 가슴 아픈 것을 숨기기 위해 그러는 것일 수도
있다. 긴장의 끈을 놓쳐서는 안 된다.

오늘은 모의고사가 있는 날이다.

상두는 가슴이 두근거렸다. 언제나 시험이 있는 날은 두근
거림이 멈춰지지 않는다. 이 두근거림은 마치 자신보다 훨씬
강한 상대와의 싸움을 앞둔 두근거림이랄까?

시험이 시작되었다.

시험지를 받아 든 학생들은 탄식을 내뱉는다.

"시끄러워 이 녀석들아."

감독관으로 들어온 선생이 한마디 하자 아이들은 조용히
문제를 풀기 시작했다.

'하나도 모르겠어……!'

상두는 시험지를 바라보며 멍하니 앉아 있었다. 그의 머

리가 백지가 되어 버렸다. 검은 것은 글씨요, 하얀 것은 종이로다의 단계를 넘어 버렸다. 그냥 하얀 백지로 보일 뿐이었다.

그동안 피팅모델 일을 하고 노가다를 하다 보니 공부에 신경을 덜 쓴 것이 사실이었다. 하지만 그 여파가 이렇게 다가올 줄은 몰랐다. 공부라는 것을 너무 무시한 것인가!

상두는 모의고사가 끝날 때까지 연필을 잘근잘근 씹을 수밖에 없었다.

그렇게 모의고사가 끝났다. 많은 아이가 잘못 봤네 잘 봤네 떠드는 가운데 상두는 멍하니 책상만 바라보고 있었다.

"왜 그래?"

여자아이들이 상두에게 물었다. 그리고 보니 모의고사를 다 치르고 점수 맞춰보는 것도 상두는 하지 않고 있었다.

"아니야. 그냥……."

망쳤다.

시험을 완전히 망쳐 버렸다. 언제나 좋은 성적의 그였지만 방학 내내 피팅모델 일을 하면서 공부를 게을리한 것이 문제였다. 그것도 고3 생활인데!

하지만 이제 와서 후회한다고 무엇이 달라지겠는가. 상두는 어깨를 늘어뜨리고 하교를 했다.

수민은 돌아가는 그녀의 어깨를 안쓰럽게 바라보았다.

며칠 뒤 성적이 나왔다.

역시나 예상한 것만큼이나 잘 나오지 않았다. 선생님 역시 상두에게 한마디했다.

"지난번 모의고사 때는 성적이 참 좋았는데 이번에는 왜 이러는 거니? 그러니까 왜 방학 자율학습에 빠진 거야?"

그녀의 말에도 상두는 아무런 말을 할 수가 없었다. 이렇게 된 것은 그의 실책이 아닌가.

'패배다.'

집으로 돌아가는 내내 그는 그런 생각에 사로잡혔다.

사람에서건 무엇에서건 간에 그는 패배하는 것이 가장 싫었다. 그래서 패배해도 다시금 일어서서 이겨내곤 했다. 하지만 공부라는 것에 다시 승리하기 위해서는 많은 시간이 걸린다.

그 시간 내내 초조할 생각을 하니 벌써 힘이 빠졌다.

집으로 돌아온 그는 어머니에게 성적표를 내밀었다. 평소 어머니의 성격이라면 불호령이 떨어질 것이다. 하지만 성적표를 받아 든 그녀는 예상외였다.

"다음에 잘하면 되는 거다. 이번에 못했다고 주눅 들지 말거라."

어머니의 위로에 그나마 상두는 힘을 얻었다.

방에 들어가 잠 들면서 그는 생각했다.

계속 힘 빠져 있으면 마스터의 칭호를 받았던 그가 아니다. 다시 성적을 올리는 방도가 무엇일까 고민했다. 물론 천천히 공부를 해나가면 성적을 따라잡을 수 있을 것이다. 하지만 수능까지 시간이 얼마 남지 않았다.

"다음 모의고사가 마지막이다."

그렇다.

다음 모의고사가 마지막인데 혼자 해서 다시 예전 성적으로 끌어올리기는 힘든 노릇이다.

"역시 누군가의 도움이 필요해."

지금 도움을 얻을 수 있는 사람은 아무리 생각해도 한 사람뿐이었다.

그것은 수민.

상두와 가장 가깝고 게다가 성적도 전교 1등이다. 그녀의 도움이 있으면 충분히 가능할 것이다.

하지만 지금 그녀와의 사이가 좋지는 못하다. 무엇인가로 인해 수민과 그 사이에는 냉기류가 형성되어 있었다. 그것을 걷어내지 않으면 그녀의 도움을 얻을 수 없으리라.

다음 날 아침.

상두는 수민의 눈치를 계속해서 살폈다. 하지만 그녀는 상두를 바라보지 않고 있었다. 아무래도 아직 덜 풀린 모양이다. 삐쳐 있는 이유를 모르니 어떻게 달래 줄 수도 없는 상황.

그의 심경은 지금 '막막'이다.

상두는 점심시간이 될 때까지 그녀의 표정을 살폈다. 어떻게 하면 그녀를 풀어줄까 생각한 것이다. 하지만 답이 나오지 않았다.

'그렇다면 정면 돌파다.'

점심 식사를 다 하고 그녀를 불렀다.

"수민아."

"왜?"

"나하고 이야기 좀 하자."

"내가 왜? 나 바빠."

그녀가 튕겼다.

이렇게 나올 줄 알았다. 하지만 그렇다고 포기할 상두가 아니었다. 그녀의 손목을 잡고 이끌었다. 모두 웅성거리며 그들의 모습을 바라보았다.

"이거 놔 쪽팔려!"

"잠깐이면 돼."

"왜 그러는 거야?"

그녀는 당황했다. 이렇게 터프하게 그녀를 대한 적이 없는 상두였다.

그들이 도착한 곳은 학교의 구석진 곳이었다.

"나 좀 도와주라."

상두의 말은 역시 도움 요청이었다.

"내가 왜?"

하지만 그녀는 역시 쿨하게 넘겼다.

"너밖에 없으니까. 네가 학교에서 제일 친하고… 그리고 전교 일등이잖아."

"그렇게 따라다니는 여자아이들에게 도움을 요청하지그래?"

상두는 그제야 그녀가 삐진 이유를 알 수가 있었다. 아무래도 다른 여자아이들과 더 친하게 지낸다고 느끼는 것 같았다.

"제발 도와줘. 너밖에 없어."

상두는 기어코 무릎을 꿇었다. 수민은 적잖게 당황했지만 티를 내지 않으려 애썼다.

"흠……."

그리고 그녀는 생각하는 것 같았다. 한참을 생각하던 그녀가 입을 열었다.

"그럼 이번 일요일에 나하고 데이트 해줘. 아침부터 저녁까지."

그녀의 말에 상두는 고개를 끄덕였다. 데이트라는 말이 걸렸지만 그래도 친구하고 노는 것인데 부탁을 들어주지 않을 이유는 없었다. 지금은 그녀의 말을 무조건 따라줘야 한다.

"데이트만 하면 도와 줄 거야?"

"아니. 하는 거 봐서. 데이트가 최악이라면 도와주지 않을 거야."

그녀의 말에 상두는 고개를 끄덕였다. 지금 상황에서는 그녀의 말에 무조건 따라야 할 것이다.

약속한 날이 다가왔다.

상두는 옷을 꾸며 입었다. 그래도 여자와 함께 나들이인데 그래도 꾸밀 것은 꾸며야 하지 않겠는가.

하지만 너무 이른 시간이었다.

아침 6시.

약속시각은 7시. 걸어서 그녀의 집까지 가려면 30분은 걸린다. 그래도 매너 있게 30분은 일찍 도착하려는 것이었다.

그는 걸어가면서 생각했다.

'도대체 왜 나에게 데이트 신청을?'

그는 눈치가 없어도 너무 없었다. 여자가 남자에게 부끄러움을 무릅쓰고 데이트 신청을 했는데도 그는 왜 그런지 도무지 알지를 못했다.

"수능도 얼마 남지 않았는데……."

시간이 아깝다.

상두의 1, 2학년 성적으로는 수시모집에 지원하기 어려워 정시인 수능에 신경 써야 하는 상황. 이 상황에서 한가롭게 데이트라니……. 하지만 그녀의 청을 들어주지 않으면 수능 이고 뭐고 망쳐버릴 수도 있었다.

이런저런 생각을 해서인지 그녀의 집 앞에 금방 도착한 것 같았다.

이미 그녀는 기다리고 있었다. 그녀의 뒤에는 두 명의 검은 양복을 입은 자들이 있었다. 아무래도 그녀 아버지의 수하인 것 같았다. 보디가드로 함께 따라나설 작정이었다. 하지만 수민은 마음에 들지 않는 듯 계속 인상을 찌푸렸다.

"아가씨 정말 괜찮으시겠습니까?"

"괜찮다고 했잖아요. 아빠는 괜히 걱정이야."

그녀의 도도한 말투.

학교에서는 볼 수가 없는 그런 모습이었다. 그런 모습이 상두에게는 신선하기는 했다.

"아, 상두야!"

그녀는 상두를 발견했다.

"아, 수민아."

그녀는 상두에게로 쪼르르 달려가 팔짱을 꼈다. 상두는 잠시 움찔했다. 팔짱을 끼면 어쩔 수 없이 여자의 몸과 접촉이 심해진다.

"왜 이렇게 얼었어? 빨리 가자."

그녀는 상두를 이끌었다.

아침부터 계속해서 수민에게 이리저리 끌려다녔다.

그래도 싫지는 않았다.

항상 학교에서는 어깨를 늘어뜨린 채로 힘없이 지내는 모습이 그리 좋아 보이지 않았다. 하지만 지금은 활달한 여느 여고생 모습 그대로였다.

8시간 이상을 그렇게 끌려 다녔다.

간단하게 저녁을 먹고 그녀는 상두에게 이야기했다.

"손연지하고 데이트할 때 가장 좋아했던 곳으로 데려다 줘."

상두는 골똘히 생각했다.

손연지가 가장 좋아했던 곳은 그의 집 근처 벤치였다.

"그런데 왜 그런 말을 하는 거야?"

상두…….

참 눈치 없다.

이 정도 이야기했다면 그녀가 왜 이렇게까지 하는지 알만도 한데 말이다.

"어디야? 어디가 가장 좋았어?"

상두는 거듭된 그녀의 질문에 대답했다.

"우리 집 근처 벤치."

의외의 대답에 그녀는 조금은 실망한 눈치였다. 하지만 손연지 그녀에게는 지고 싶지 않은 수민이었다.

"그럼 거기로 가자."

"그래? 올라가기 힘들 텐데?"

"손연지가 올라간 곳은 나란 애는 못 올라간다는 거니?"

"아니, 아니 그런 게 아니라……."

"앞장서!"

그녀의 강단에 상두는 그녀를 목적지까지 안내할 수밖에 없었다.

"와아!"

도착하자마자 그녀는 탄성을 내질렀다. 달동네에서 내려다보이는 도시의 야경은 마치 보석을 뿌려 놓은 모습이었다.

"이런 데도 있었구나."

"똑같은 소리를 하는구나."

상두의 말에 수민의 얼굴이 굳어진다. 누구와 똑같은 소리를 하는지 그녀는 알고 있었다. 하지만 모르겠다는 듯 물었다.

"누구하고?"

"연지랑."

연지라는 말을 하는 상두의 얼굴이 조금은 어두워졌다. 수민은 다시금 질투가 가슴 속 깊은 곳에서부터 끌어 올랐다.

"너 연지 좋아해?"

그녀의 물음에 상두는 한참을 생각했다. 생각한다는 것은 그녀에 대한 마음이 없다는 것은 아니었다. 하지만 대답은 달랐다.

"아니… 좋은 친구일 뿐이야."

상두의 말에 그녀는 알 수 없는 웃음을 보였다. 정말로 상두는 그녀를 친구로만 생각하는 것일까?

"상두야."

그녀는 나지막이 상두를 불렀다. 그리고는 벌떡 일어났다.

"나 너 좋아해!"

그녀의 느닷없는 고백.

상두는 잠시 멍한 듯 그녀를 바라보았다.

"너하고 사귀고 싶다 이런 말을 하는 건 아니야. 그냥 이렇게라도 고백하고 싶었어. 항상 손연지라는 여자에게 뒤처져 있는 것 같아서 싫었거든. 하지만 네 곁에 있는 사람은 손연지가 아니고 나야. 지금은 대답해 주지 않아도 좋아. 하지만 언젠가 꼭 너를 내 남자로 만들 거야."

이건 남자가 해야 할 말이다. 이렇게 용기를 내어 말하던 그녀는 다시 얼굴을 붉히며 수줍은 수민의 모습으로 돌아갔다. 그녀 역시도 말하고는 손발이 오그라드는지 벤치에 털썩 주저앉았다.

상두는 끝까지 아무런 말을 하지 않았다. 그의 대답을 기대한 것은 아니었지만, 그녀는 대답하지 못하는 상두에게 조금은 섭섭한 마음을 가질 수밖에 없었다.

그녀를 상두는 집 앞까지 데려다 주었다.

"오늘 재미있었어. 내일부터 공부 가르쳐 줄게."

"고마워."

상두의 얼굴은 조금 씁쓸해 보였다.

'고백하면 좋아해 줄 줄 알았는데…….'

수민은 실망했지만 그래도 티를 내지 않고 상두에게 손을 흔들며 인사했다.

*   *   *

약속대로 그녀는 상두의 공부를 봐주었다.

옆에서 공부를 봐주는 사람이 있다 보니 실력이 쑥쑥 올라가고 있었다. 상두 역시 기본 실력을 충분히 갖추어 두었기에 가능했던 결과이다.

두 사람의 사이는 예전보다 더 가까워졌고 서로 짓궂은 장난도 칠 정도가 되었다. 그러다 보니 상두가 잘못하면 그녀는 주먹질을 하기도 했다.

그런 허물없는 모습에 수민은 주변 여학우들의 질투를 그대로 받아야만 했다. 테러라면 테러일 수 있는 사건들도 있었다. 그럼에도 불구하고 그녀는 상두를 포기하지 않았다. 오히려 그녀들에게 당당히 항의하며 상두를 가르쳐 주었다.

그렇게 몇 주의 시간이 흐르고 대망의 마지막 모의고사가 다가왔다.

상두는 모의고사의 시험지를 앞에다 두고 긴 숨을 들이마셨다.

이번이 마지막 모의고사다. 이번 모의고사마저 망친다면 수능에 답이 없을 수밖에 없었다. 게다가 수민이 발 벗고 나서 주었다. 제대로 점수를 내지 못한다면 그녀에게 너무도 미안하다.

하지만······.

결과는 그리 좋지가 않았다. 공부를 그렇게 열심히 한 만큼의 성적이 나오지는 않았다.

"난 머리가 나쁜가······."

상두는 자학했다.

무엇보다 공부라는 것을 정복하지 못하는 자신의 모습이 너무도 한심했다. 하지만 포기할 수는 없었다. 여기서 포기한다면 마스터의 칭호를 받았던 그 옛날 모습은 빛이 바랜다. 그래도 지금은 힘이 나지 않는다.

"그래도 점수가 올랐잖아. 수능 보기 전까지 어떻게든 내가 더 공부를 가르쳐 줄게."

그녀의 위로에도 상두는 힘이 나지 않았다.

상두는 하교를 하는 길에 어머니의 리어카를 끌어 주기 위해 갔다. 수능이 가까워져 올수록 그녀는 상두가 자신의 일을 도와주는 것을 원하지 않았다.

다른 부모들처럼 극성으로 도와줄 수 없다는 미안함 때문이었다. 하지만 오늘만큼은 어머니를 돕고 싶은 상두였다.

어머니의 일터 앞에서 상두는 우뚝 멈춰 섰다. 그녀에게로 다가갈 수 없을 만큼의 감정의 소용돌이가 느껴졌다.

어머니의 모습이 참으로 처량하다.

손은 다 부르터서 거칠어져 있었고, 허리는 꾸부정하게 있었다. 그 모습을 보니 가슴이 먹먹했다. 그의 영혼은 카논이지만 그를 위해서 열심히 살고 있는 어머니가 아닌가…….

'그래… 마음 독하게 먹어야 한다.'

상두는 그렇게 생각했다.

마음 독하게 먹고 공부하는 것이 저 안쓰러운 여인을 위한 일이다.

'이왕이면 전국 1등을 목표로 하자.'

큰 꿈이 생겼다. 전국 석차에도 들지 못하는 그였지만 어머니를 위해서 그리고 자신을 위해서 1등을 하리라고 마음을 먹었다.

『권왕강림』 2권에 계속…

FUSION FANTASTIC STORY

마스터K

김광수 현대 판타지 장편 소설

세상천지에 의지할 곳 하나 없는 천재 소년 강민,
그의 치열한 생존 투쟁기.

설악산 사기꾼 양 도사에게 낚인 3년의 세월.
비를 눈물 삼아 밥 말아 먹었던 순수했던(?) 영혼 강민이
강남 한복판으로 나왔다.
그가 펼쳐내는 한 편의 대장편 드라마.
럭셔리 마이 라이프를 위해 대한민국
최고 명문 고등학교에 입학하게 되는데……

"돈! 명예! 사랑 다 내거야! 옵션으로 가늘고 길게 살다 가겠어!
내 앞을 막아서는 모든 걸 부숴 버릴 거야!"
이글이글 타오르는 강민의 눈빛.

행복과 고통이 교차하는 정해지지 않은 고난의 행군.
그 미래 속에서 소년 강민의 거침없는 발걸음이 당당하게 세상을 향해 전진한다.
절대자의 이름, 미스터 K라 불리며……

Book Publishing CHUNGEORAM

신풍기협 神氣龍俠

FANTASTIC ORIENTAL HEROES
윤신현 新무협 판타지 소설

「수라검제」, 「태양전기」의 작가 윤신현
우직한 남자의 향기와 함께 돌아오다!

사부와 함께 떠났던 고향.
기다리는 친구들 곁으로 돌아온 강진혁은
사부의 유언을 지키기 위해 강호로 나선다.
반드시 돌아오겠다는 약속을 남기고.

"믿어라. 난 결코 허언을 하지 않는다."

무인으로 살 것인가, 무림인으로 살 것인가.
고민을 안고 나아가는 강진혁의 강호행!

신의 바람이 불어와 무림에 닿을 때,
천하는 또 하나의 전설을 보게 되리라!

Book Publishing CHUNGEORAM

기사도
chivalry
요람 판타지 장편 소설
FANTASY FRONTIER SPIRIT

2012년, 『제국의 군인』의 요람,
그의 새로운 이야기가 시작된다!
같은 세계, 또 다른 이야기!

몰락해 가는 체르니 왕국으로 바람이 분다.
전쟁과 약탈에 살아남은 네 남매는 스승을 만나고
인연은 그들을 끌어올려 초인의 길에 세운다.
그렇게 그들은 기사가 되었고
운명을 따라 흉성을 가진 루는 자신의 기사도를 세운다!

명왕기사(明王騎士) 루.

그가 세우는 기사도의 길에 악이란 없다!

Book Publishing CHUNGEORAM